KB097113

고양이
공유오피스에
잘 오셨습니다.

고양이
공유오피스에

잘 오셨습니다.

글·그림 김이랑

메
카르북스

고양이와 작업실을
공유합니다

　　　　　　새로운 동네로 이사를 오면서 작은 작업실을 얻었다. 원래 네일숍이었던 곳이라 인테리어도 예뻤고, 열 평도 안 되는 아담한 크기도 좋았고, 집에서 뛰어가면 30초 만에 도착할 수 있을 만큼 가까운 것도 좋았다. 매일매일 출근해서 그림을 그리다가 집으로 돌아가는 무료한 생활이 이어지던 어느 날, 고양이들이 찾아왔다. 처음에는 그냥 간식만 챙겨 주었는데 정신을 차려 보니 만난 지 1년이 채 되기도 전에 작업실에 고양이들이 눌러앉아 내 생활의 전부를 차지해 버렸다. 프리랜서라 늘 실컷 늦잠을 자고 내 마음대로 출근해서 새벽까지 일하다 내 마음대로 퇴근하고, 매일 그렇게 되는대로 제멋대로 살아가던 내가 어느새 하루 종일 고양이만 생각하고 고양이를 위해 작업실에 정시 출근을 하는 성실한 사람이 되어 있었다. 내 인생이 이렇게 바뀔 줄은 생각도 못 했었는데, 어쩌다 보니 이렇게 되어 있었다. 뭔가 이상하다고 느꼈을 땐 이미 돌이킬 수 없을 만큼 고양이 있는 생활에 익숙해진 후였다. 이렇게 된 이상 최선을 다해서 고양이들과 함께 지내 보기로 마음먹었다. 그렇게 3년이 지났다.

차 례

1

내 고양이는
아니지만

첫 만남

2019년 6월 19일 자정 무렵, 퇴근 준비를 하고 있는 작업실에 고양이 세 마리가 찾아왔다. 산책 나갈 때 길고양이를 만나면 주려고 사 두었던 간식을 꺼냈더니 허겁지겁 먹었고, 그렇게 간식 한 봉지를 다 털린 후에는 물도 두 그릇 대접했다. 각각 무늬를 따서 흰검이, 회색이, 카오스라고 불렀다. 다음 날 오후쯤 회색이와 흰검이가 다시 찾아왔고, 나는 후다닥 캔 하나를 사 와서 나눠 주었다. 회색이는 경계가 무척 심했다. 가까이 갈 수 없어서 멀찍이 선 채로 뚜껑을 열어 캔을 건넸는데, 입으로 조금씩 밀면서 먹더니 빙글빙글 돌다가 어느새 작업실 한가운데까지 들어왔다.

　　　　SNS에 고양이들 사진을 올렸더니 지인이 사료를 보내 주었다. 그래서 작업실 문 앞에 사료를 두었고, 고양이들은 매일매일 찾아와서 밥을 먹었다. 일주일 후에는 흰검이가 아주 예쁜 친구를 한 마리 더 데리고 왔다. 그 친구는 이쁜이라고 불렀다. 정말 예쁘게 생겼기 때문이었다. 이렇게 고정 멤버 네 마리가 되었다. 고양이들은 가끔씩 놀러 와 작업실 입구에서 얼쩡거리며 놀았고, 종종 문 앞에 주차되어 있는 차 밑에서 잠을 잤다. 문 근처에 박스를 놓아두면 박스 안에서 잠을 잤고, 일어나면 밥을 달라고 울었다. 내가 늦게 출근하면 문 앞에서 기다렸고, 일을 하고 있으면 어느새 들어와서 내 뒤에 앉아 있곤 했다.

그러던 어느 날, 건물주 선생님이 작업실 앞에 둔 고양이밥 때문에 다른 고양이들까지 모여 밤새 시끄럽게 운다고 하셨다. 그때부터는 밥을 안쪽에서 먹였다. 출근해서 일을 하고 있으면 고양이들이 문득 들어와서 밥 달라고 울었고, 한여름의 날씨에 더워서 문을 닫아 놓으면 아래쪽 틈새로 손을 넣어 문을 열어 달라고 보챘다. 그렇게 기껏 들어와서는 문 앞에서 꾸벅꾸벅 졸다가 가곤 했다. 가을이 가까워오면서 비가 자주 내리자 이쁜이가 애처롭게 울어 댔다. 비가 와서 울면 문을 열어서 들어오게 해 줬고, 고양이들은 비가 그칠 때까지 나가지 않았다. 그렇게 작업실에 있는 시간이 점점 길어졌다. 9월쯤에는 슬슬 의자 위에 올라오더니 금세 책상 위에도 올라왔다. 처음에는 혼도 내고 겁을 줘서 내려보냈지만 고양이는 그렇게 훈육이 되는 동물이 아닌 것 같았다. 그 후론 방석 하나만 허락해 주고 거기서 옹기종기 모여 자게 했는데, 내가 쓰려고 갖다 놓은 선반 위 담요에 카오스가 올라가 앉아 있는 모습이 귀여워서 그냥 두었더니 그 담요는 물론이고 선반까지 곧 고양이 침대가 되어 버렸다.

그즈음 고양이들에게 이름을 지어 주었다. 귀여운

카오스는 털이 간장치킨 색이라 간장이라고 부르다가 '막내'가 되었고, 흰검이는 '정남이'가 되었다. 나머지 둘의 이름은 나중에 '복길이'와 '복남이'로 지어 줬다. 그리고 매일 아침 출근 시간에 맞추어 고양이들이 문 앞에서 나를 기다리는 일상이 시작되었다. 당시 나는 마감 두 개가 겹쳐 하루에 열다섯 시간씩 작업실에 붙어 있었고, 고양이들도 같은 시간에 작업실로 출근해 같이 퇴근을 했다. 작업실에 있는 시간 내내 고양이들은 잠만 잤다. 슬슬 날이 추워져서 난로를 꺼냈고, 밖은 춥고 작업실 안은 따뜻하니 고양이들은 더 나갈 생각이 없어 보였다. 내 의자에 깔아 둔 전기방석을 빼앗기고 책상도 몇 개쯤 빼앗기면서 사람의 공간은 점점 줄어들었다. 그렇게 우리는 온종일 붙어 지냈고, 눈 깜빡하는 사이 겨울이 왔다.

고양이들 소개

♥ 정남이

신체적 특징: 흰색+검은색의 턱시도 무늬. 노란색 눈. 중성화
되지 않은 수컷 고양이.

☞ 이 동네의 대장 고양이. 첫 만남
당시 두세 살 정도 되는 것으로 추
정. 우리 골목에는 중성화되지 않
은 고양이가 거의 없는데, 혼자 귀
커팅 흔적이 없는 것으로 보아 중성
화가 안 된 것 같다. 처음 작업실에 왔던

세 마리의 고양이 중 한 마리로, 사람을 아주 좋아하고 말이 많은 편이다. 흰색 검은색 무늬에 걸맞게 흰검이라고 부르다가 얼마 지나 이름을 지어 주었는데, 흰검 무늬인 만큼 레오 같은 멋진 이름을 짓고 싶었으나(흰검 하면 '오레오'니까) 영 어울리지 않아서 구수하게 정남이라고 지었다. 동네 사람들이 지어 준 다른 이름으로 까미, 초롱이 등이 있다.

고양이는 얼굴이 크면 미남이라는데 정남이는 이 동네 최고 미남. 사람을 무서워하지 않아서 낯선 사람들에게도 늘 예쁨 받는다. 치킨집과 편의점 앞을 서성이며 예쁜 얼굴과 목소리로 음식을 얻어먹곤 했다. 기분이 좋을 때는 부릉부릉 오토바이 소리를 내며 골골댄다. 근육질 몸에, 엉덩이를 두들기면 속이 빈 것처럼 통통 소리가 나는 게 재밌다. 힘도 아주 세서 장난감을 한번 잡으면 절대 놓지 않는다. 다른 고양이들이 치대면 성질부릴 만도 한데 착해서 다 봐주는 편이다.

처음으로 만지게 해 준 고양이이자 처음으로 내 무릎 위로 올라온 고양이이기도 하다. 의자에 앉아 있는 내 무릎을 짚고 서길래 간식이 먹고 싶은 건가 했는데, 며칠 동안 무릎 짚기를 반복하더니 어느 날 결심한 듯 무릎 위로 훌쩍 올라왔다. 올라오자마자 자리를 잡고 앉더니 만져 주지 않아도 골골거리며 잠이 들었다. 나중에는 너무 자주 올라와서 안 된다고 막아야 했을 정도.

♥ 복남이

신체적 특징: 흰색 바탕에 회색 고등어 무늬. 민트색 눈. 덩치 큰 편. 중성화된 수컷 고양이.

☞ 복남이는 우리 작업실에 맨 처음 들어온 고양이다. 갑자기 짠 나타나 작업실 앞에서 간식을 먹고 사라졌다가 다음 날 오후 당당하게 다시 찾아와서는 의외로 쉽게 문턱을 넘어 들어왔다. 다른 고양이들이 겁나서 망설이고 있는 사이 1등으로 들어와 혼자 캔 하나를 다 잡수셨던 용기 있는 고양이. 그래서 세 마리 중 가장 친화력이 좋을 거라 예상했지만 전혀 아니었다. 아직까지도 제대로 만져 본 적 없는 극한의 겁쟁이인데 그날 어떻게 작업실로 쳐들어온 건지 여전히 미스터리인 부분. 낯선 사람은 물론이고 나와 동생, 작업실에 자주 오는 우리 가족들도 1년이 넘도록 무서워했다. 동네 사람들도 무서워하고 피해서 복남이는 동네에서 부르는 이름이 따로 없다.

고등어 태비 치고는 연한 회색이라 처음엔 회색이라고 불렀다. 한동안 그렇게

부르다가 너무 성의 없는 것 같아서 복남이라는 이름을 지어 주었다. 복길이의 이름에서 '복'을 따고 정남이의 이름에서 '남' 을 따서 복남이가 되었으나 뽁남이나 뽕남이라는 발음으로 더 자주 불린다. 복남이라는 이름이 외우기 어려운지 동네 사람들은 늘 복돌이라고 부르는 것이 웃음 포인트. 고양이가 우는 것은 사람에게 할 말이 있을 때라고 하던데, 복남이는 오로지 정남이를 향해서만 운다. 다만 목소리가 잘 나오지 않아 끼이익 하고 운다. 정남이를 매우 사랑해서 늘 따라다니고 옆에 딱 붙어서 잔다. 나이가 꽤 많은 편 같은데 정확히는 모른다. 대여섯 살쯤으로 추정.

엄청난 겁쟁이인 것과 동시에 엄청난 호기심쟁이이기도 하다. 겁이 많은 것을 생각하면 엄두도 못 낼 일 같은데 처음에는 서슴없이 다가오곤 한다. 가만히 앉아서 일하고 있으면 소리 없이 들어와서 자다가도 사람이 숨을 조금 크게 쉬거나 연필만 떨어뜨려도 화들짝 놀라서 도망간다. 택배기사님이 작업실에 들어오거나 친구들이 놀러 올라치면 너무 놀라서 미끄러지듯이 도망가는 일도 허다했다. 작업실에서 밥을 먹은 지 1년이 넘을 때까지도 발소리만 조금 크게 내면 백 미터 밖으로 도망가곤 했던 복남이가 어떻게 이곳에 맨 처음 들어온 것일까.

가끔 나가고 싶은데 작업실 문이 닫혀 있으면 꺼우웅 하고 구슬프게 울곤 하는데 그 소리가 또 매우 인상적이라 이름을 꺼

웅이라고 지어 줄걸 그랬다고 생각한다.

♥ 복길이

신체적 특징: 흰색 바탕에 드문드문 노란색과 회색 무늬가 있는 삼색이. 노란색 눈. 중성화된 암컷 고양이.

☞ 정남이가 데려온 친구 고양이. 정말로 예뻐서 처음에는 이쁜이라고 불렀다. 동네 아이들이 부르는 이름도 방울이 또는 이쁜이. 누가 정해 준 것도 아닌데 다들 이쁜이로 부르는 것이 재밌다. 그렇지만 우리는 구수한 이름이 좋아서 복길이라고 새로 지어 주었다.

동네 공원의 나무도 타고 올라가는 날렵한 고양이였는데 겨울이 되자 급격히 살이 찌기 시작했다. 혹시 임신한 것은 아닐까 걱정했는데 아니었다. 옛날 사진과 비교해 보면 살이 찐 것도 있지만 처음 왔을 때는 나이가 어렸기에 나이가 들면서 자랐다고 보는 게 맞을 것이다. 처음에는 뾰족하고 매섭게 예뻤는데 지금은 둥글둥글 복스럽고 귀여운 고양이가 되었다. 복길아, 하고 부르면 냥~ 하고 대답도 잘하고 잘 때 머리를 만져 주면 꾸루룽 하고 귀여운 소리를 낸다. 장난감 놀이를 매우 좋아하고 점프 실력이 훌륭해서 흥분하면 사람 눈높이까지 뛰어오를 수 있었는데, 살이 찐 지금은 잘 모르겠다. 고양이는 대부분 얼굴과 턱을 만져 주는 것을 좋아하지만 복길이는 오로지 엉덩이를 두들겨 주는 것만 좋아한다. 그냥 톡톡 치면 안 되고 아프지 않을까 싶을 정도로 조금 세게 두들겨야 좋아한다.

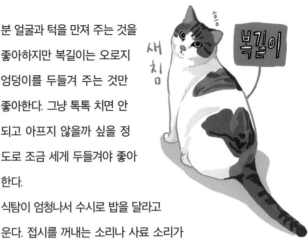

식탐이 엄청나서 수시로 밥을 달라고 운다. 접시를 꺼내는 소리나 사료 소리가 들리면 자다가도 후다닥 달려온다. 달라고 할 때마다 밥을 줬더니 살이 너무 많이 쪄서 동네에서 뚱냥이로 유명해져 버린 복길이. 츄르 외에는 딱히 좋아하는 간식이 없고 캔도 특별히 좋아하는 것 없이 오직 사료만 좋아해서 순도 높은 사료 살을 소유하고 있다. 사람을 무서워하지 않고 아주 뻔뻔해서 동네 사람들의 사랑을 독차지하고 있다. 편의점 앞에 상주했을 당시 편의점에 반려동물 간식 코너가 생기게 만든 장본인이라고도 할 수 있다. 사료가 없는 바깥에서는 간식도 곧잘 받아먹는 모양이다.

동네 아이들이 가장 좋아하는 고양이이기도 하고, 작업실에 놀러 오는 내 친구들에게 가장 먼저 다가가서 인사해 주는 고양이다. 누가 오면 피하는 다른 고양이들과 달리 스스럼없이 다리에 몸을 비비려고 해서 고양이를 무서워하는 엄마가 질겁하는 일이 자주 벌어졌다. 사람이 등을 기대고 소파에 반쯤 눕듯이 앉아 있으면 그 위로 날름 올라타는 것을 좋아한다.

♥ 막내
신체적 특징 : 흰색이 섞인 카오스인데 자세히 보면 치즈 태비 무늬도 있음. 민트색 눈. 중성화된 암컷 고양이.

☞ 너무 작아서 어린 고양이인 줄 알았는데 성묘였다. 얼굴의 무늬가 아주 웃기게 생겼다. 코 옆에 콧물처럼 보이는 까만 얼룩이 특징. 동네 꼬마들이 부르는 이름은 단독이(동네 이름), 전에 밥 주던 분이 부르시던 이름이 막내다. 우리는 카오스라고 부르다가 간장이라고 부르다가 결국 막내로 정착했다.

막내는 길에서 태어났고, 형제가 있었으나 다 죽고 혼자 남았다고 한다. 혼자서 악착같이 정남이네 무리에 붙어 살아남았다. 정남이네 무리가 끼워 주지 않으려고 해서 늘 뒤처지고 밥도 꼴등으로 먹어야 했을 정도로 힘들게 지내다가 결국에는 우리 작업실

주인 자리를 꿰찬 의지의 고양이. 첫 만남 당시 나이는 2~3살 정도로 추정된다. 정남이와 복길이가 처음 우리 작업실에 왔을 때보다 몸집이 커져서 이제야 완전한 성묘가 된 것에 비해 막내는 처음 왔을 때와 지금이 똑같다. 그때 이미 성묘였던 것이다. 작아서 막내라고 부르고 있지만 실은 복길이나 정남이보다 나이가 많을지도 모른다.

목소리가 거의 나오지 않아서 쉰 소리로 운다. 처음에는 나에게 하악질을 하는 줄 알았는데 그냥 야옹 하고 우는 소리였다. 병원에서는 어릴 때 폐렴을 심하게 앓은 것 같다고 추측하셨다. 잘 때 만져 주면 매우 좋아하면서 골골거리고, 특히 따끈한 전기장판 위에서 자는 것을 좋아한다. 애교가 많은 것 같으면서도 의외로 먼저 다가오는 일이 없는 쿨한 성격이다. 잠이 매우 많은 편이고 변비가 있다. 밥은 의외로 아무거나 다 잘 먹고 간식이나 캔도 가리지 않는 편인데, 급하게 먹는 탓에 금세 토하는 경우가 많다. 길에서 이리저리 치이느라 못 먹고 자라서 그런 것 같다. 몸이 작고 다른 고양이들에 비해 심하게 말랑물컹한 물살의 소유자. 마치 어묵국물을 담은 따끈한 비닐봉투 같다. 엉덩이 두들겨 주는 것을 싫어하고 머리나 턱을 만져주는 것은 좋아한다.

기타 동네 고양이들

♥ 콩이

☞ 작업실 근처 가게에서 키우는
고양이. 회색의 러시안블루다. 한
쪽 눈이 보이지 않아서 어떤 분은
한눈이라고 부르신다. 목걸이에 전
화번호와 콩이라는 이름이 적혀 있다.
무척 활동적이고 사람을 좋아해서 동네에 모르는 사람이 없는
유명 고양이. 같은 집에서 사는 고양이로 똘똘이, 흰둥이가 있
다. 모두 중성화된 수컷.

♥ 똘똘이와 흰둥이

☞ 콩이와 같은 가게에 사는 고양이들. 흰둥이
와 콩이 둘만 지내다가 최근에 어린 똘똘이가
들어와서 셋이 되었다. 흰둥이는 사람 손을 타
지 않은 거의 야생의 고양이다. 중성화만 겨우
시켜 주었다고. 다만 콩이를 매우 사랑해서 가게
에 눌러앉았다. 우리 작업실에 처음 온 것도 콩이를 찾기
위해서였던 것 같다. 지금도 종종 콩이를 찾으러 와서 밥을 훔
쳐 먹다가 사람을 만나면 소스라치게 놀라 도망간다. 똘똘이

는 집을 좋아해서 밖에서는 한 번
도 못 봤는데, 콩이 주인분이 품
에 안고 놀러 와서 처음 인사시
켜 주셨다. 집돌이지만 겁이 없
고 활동적이라 가끔 작업실에 놀러
오면 장난감으로 신나게 놀다 가곤 한다.
특히 복길이와 친하다. 둘이 자주 붙어 다녀서 우리는 복길이
남자친구라고 부른다.

♥ 흰점이

☞ 이 동네에서 만난 최초의 고양이. 처음 작업실에 들어온
2017년부터 보았다. 까만색 바탕에 코 옆의 작은 점 하나, 턱
과 가슴팍, 네발만 흰색이다. 작업실 건너편 건물에서 밥을 주
기 때문에 늘 비슷한 시간에 와서 문 열어 달라고 우렁차게 울
어 댄다. 건물 옆 유치원 놀이터에 지정석이 있다. 가까이 다가
가서 이름을 부르면 엄청난 표정과 성량으로 울면서 쳐다보는
데, 분명 좋은 말은 아닐 것으로 추
정. 나이가 꽤 많은 것으로 보이
며 중성화된 암컷이다.

고양이 친화적 동네

이 동네에 이사 온 것은 2017년의 일이다. 한 달 만에 집 근처에 작업실을 얻었고, 작업실에 들어온 첫 날 앞 건물에서 밥을 얻어먹는 흰점이를 만났다. 검은색 턱시도에 코에는 흰점이 있어서 내 마음대로 이름을 흰점이라고 지어 주었다. 코와 턱의 점, 배의 좁은 부분, 그리고 네 개의 발끝만 흰색이라 검은색 긴팔 정장을 입은 것 같았다. 오후 두 시가 되면 옆 건물 문 앞에 와서 우렁차게 울어 대는데, 희한하게도 잠시 후면 밥 주는 분이 차를 몰고 도착하신다. 밥 주는 분이 도착하기 꼭 몇 분 전에 미리 와서 울어 대는 게 신기하다. 그분이 문자로 '어, 지금 출발해~' 하고 연락이라도 하시는 건 아닐까. 아무튼 흰점이는 작업실에 지내며 가장 오랜 시간 본 고양이다. 늘 지정석에서 앉아 있거나 자고 있는데, 다가가서 이름을 부르면 큰 소리로 뭐라 뭐라 길게 운다. 내가 고양이 언어는 몰라도 그 말의 뉘앙스는 알 수가 있다. 흰점이가 나에게 분명 욕을 하고 있다는 것을. 가깝고도 먼 흰점이.

동네의 큰 공원 가는 길에 만난 고양이는 흰색 바탕에 고등어 무늬가 있고 분홍색 코를 가지고 있었다. 정남이처럼 사람을 좋아해서 졸졸 따라다녔다. 무늬가 비슷한 삼색 고양이와 같이 다녔는데, 이 삼색 고양이가 복길이였다. 복길이와 무늬가 비슷하고 이목구비도 닮았던 터라 공원의 고양이는 복길이의 엄마가 아니었을까 추측하고 있다. 애교가 많아서 나를 좋아하는 줄 알았지만 모두에게 애교가 많은 거였다. 아주 예쁘게 생겨서 모두에게 사랑받는 고양이였다. 보통 고양이를 별로 좋아하지 않는 아저씨들도 나비라고 부르며 예뻐하셨고, 볼 때마다 아이들이 쓰다듬고 있는 이 동네의 스타 고양이였다. 언젠가 보니 배가 옆으로 굉장히 불러 있었다. 아마 임신을 했던 것 같다. 출산이 임박했을 즈음 스타 고양이는 사라졌다. 누군가 데리고 가서 아기를 낳게 해 주었으려나.

편의점 앞에서는 5~6개월 정도 되어 보이는 청소년 고양이를 만났다. 흰색과 검은색의 마른 턱시도 고양이였다. 가까이 다가가도 도망가지 않고 졸졸 따라다니는 게 귀여워서 사진을 찍어 두었는데, 훗날 알고 보니 이놈이 정남이였다. 옛날 사진을 보다가 우연히 발견했는데 무늬가 정확히 일치했던 것이다. 2018년 여름에 청소년이었으니 정남이는 지금 서너 살 정도 되었을 것이다. 정남이는 편의점 근처에서 우리 작업실 근처의 작은 놀이터로 옮겨 왔고, 엄마와 헤어진 복길이도 그 놀이터로 와서 눌러앉았다. 그리고 언제 왔는지 모를 복남이와 막내까지 합류해 항상 넷이 모여 다녔던 것 같다. 그러다가 놀이터 옆 우리 작업실까지 흘러들어 오게 된 것이다.

스타
고양이

흰둥　　콩이　　뚤뚤

고양이들이 우리 작업실에 자리 잡은 지 반년 정도 지났을 무렵, 갑자기 작업실에 누군가 찾아오셨다. 고양이들을 보고는 큰 소리로 "너희 여기 있었구나!" 하셨다. 콩이 엄마와의 첫 만남이었다. 동네에 목걸이를 하고 돌아다니는 산책 고양이가 있었는데 그 고양이가 콩이였다. 콩이 엄마는 우리 작업실 근처에서 가게를 운영하시는데, 우리가 고양이들을 거두기 전 놀이터에 있던 고양이들에게 꼬박꼬박 물과 밥을 챙겨 주신 분이다. 고양이들이 점점 뜸하게 보이더니 어느새 사라지자 이리저리 찾아다니다 우리 작업실을 발견하신 모양이었다. 고양이들이 없어져서 동네 사람들 모두가 걱정했다고 한다. 그 후로 소식을 들은 이웃들이 종종 작업실 앞을 지나며 고양이들에게 반갑게 인사해 주곤 하신다.

이 동네는 고양이 친화적인 동네다. 놀이터에는 항상 깨끗한 사료와 물이 놓여 있고 겨울이면 길고양이 겨울집이 생겨난다. 큰 공원에도 길고양이 급식소가 두어 군데 있다. 산책을 좋아하는 콩이는 동네에서 모르는 사람이 없고, 동네의 어떤 고양이는 벌써 일곱 살이 넘었다고 한다. 동네 사람들 모두 고양이를 예뻐해서 각자 지어 준 이름이 있을 정도다. 복길이는 이름이 다섯 개쯤 된다. 모두가 고양이를 사랑하는 아름다운 동네.

사료를 주문합니다

고양이들이 꾸준히 찾아오니 사료를 사지 않을 수 없게 되었다. 처음에는 동네 슈퍼마켓에 파는 간식이나 하나에 천 원짜리 캔을 몇 번 사서 주었다. 그러다 집에서 고양이를 키우는 지인이 소분해서 보내 준 사료를 먹이게 되었다. 맨 처음 사료 봉투를 열었던 순간을 잊지 못한다. 풍겨 오는 냄새가 소소하게 충격적이었다. 한 번도 생각해 보지 못한 비리고 지릿한 냄새가 났다. 정작 고양이는 냄새가 거의 나지 않지만 사료에서는 꽤나 고약한 냄새가 난다. 찾아오는 고양이가 넷이나 되니 지인이 보내 준 사료도 금세 동이 났다.

사료를 주문한다는 건 어느 정도 결심이 필요한 일이었다. 길고양이에게 밥을 주는 건 쉽게 시작할 일이 아니라고 생각했기 때문이다. 하지만 밥 달라고 울어 대는 고양이들이 있으니 결심이고 뭐고 당장 사료를 사야 했다. 열심히 검색해서 길고양이에게 많이 준다는 저렴하고 양이 많은 사료를 2킬로그램 주문했다. 고양이들은 무척 잘 먹었고, 일주일도 안 돼서 동이 났다. 다음에는 5킬로, 그다음에는 8킬로를 주문했다. 매일매일 수시로 사료를 퍼 주었다. 동네에 챙겨 주는 분들이 계시니 분명 밖에도 사료가 많았을 텐데, 이상하게 네 마리 모두 우리 작업실에서만 밥을 먹었다. 간식을 챙겨 주며 시작한 일이 어느새 삼시 세끼를 다 챙겨

야 할 만큼 커진 것이었다. 그 와중에 닭가슴살도 주문했다. 길고양이가 먹는 저렴한 닭가슴살은 하나에 이백 원도 되지 않길래 오십 개씩 주문해서 서랍에 넣어 두고 먹였다. 수시로 사료를 주고 밤에는 사료 위에 닭가슴살도 찢어서 올려 주었다. 점점 호화로운 식사가 되어 갔다. 하지만 한두 달쯤 지나니 닭가슴살을 남기기 시작했다. 아무래도 질린 것 같았다. 고양이들은 슬슬 식성을 드러냈다. 그래서 주문하게 된 것이 캔이다. 고양이들은 하루 종일 작업실에서 놀며 사료를 먹었고, 밤이 되어 내보내기 전에는 캔을 까서 넷이 나누어 먹었다. 네 마리 모두 가리는 것 없이 다 잘 먹었다.

함께 지내다 보니 좀 더 좋은 사료를 먹이고 싶어졌다. 또 열심히 검색해서 성분이 좋다는 사료를 주문해 보았다. 처음에는 잘 먹는 것 같았으나 조금 지나니 사료를 남기기 시작했다. 성분이 좋은 사료는 맛이 없다고 한다. 인간에게도 고양이에게도 몸에 좋은 것은 맛이 없다는 것이 진리인 듯하다. 어쩔 수 없이 전에 먹던 저렴하고 맛있는 사료를 섞어 주었는데, 맛있는 사료만 쏙쏙 골라 먹고 몸에 좋은 사료는 다 남겼다. 그래서 알 듯 모를 듯 적은 양만 섞어서 주었다. 실패한 사료들은 이렇게 조금씩 섞어서 꾸역꾸역 먹였다. 그렇게 실패와 새로운 시도를 반복하는 동안 고양이들은 착실하게 살이 쪘다. 겨울이 지나고 나니 작고 예뻤던 복길이가 어느새 뚱냥이가 되어 있었다.

　　박스째 주문해서 먹이고 있던 저렴한 제품이 주식 캔으로 적합하지 않다는 것을 알고는 좋은 제품을 찾아 주문하기 시작했다. 성분이 좋은 주식 캔은 간식 캔에 비해서 두세 배는 비쌌다. 그럼에도 여러 가지를 구입해서 먹여 봤지만 이상하게 먹질 않았다. 몸에 좋은 것은 맛이 없다는 공식이 주식 캔에도 적용되었던 것이다. 무스 타입으로도 먹여 보고, 건더기 있는 걸로도 먹여 보고, 국물이 많은 걸로도 먹여 봤지만 소용없었다. 매일 실패를 거듭하고 그나마 먹는 것들은 꼭 다이어리에 기록해 두었다. 점차 데이터가 쌓이자 고양이들이 어떤 것을 좋아하는지 추론할 수 있었다. 그것은 바로 '참치'였다. 브랜드고 가격이고 뭐고 상관없이 참치가 들어가 있으면 잘 먹는 거였다. 그걸 알아내는 데 꼬박 두어 달이 넘게 걸렸다. 긴긴 여정의 끝은 참치였다. 돌이켜 보면 처음에 먹였던 저렴한 간식 캔들에 모두 참치가 들어가 있었는데 그걸 깨닫지 못하고 멀리 돌아왔다. 이제는 모두가 잘 먹는 캔을 찾았다. 내가 고양이 말을 할 줄 알았더라면 이렇게까지 오래 걸리지 않았을 텐데. 진작 배워 놓을 걸 그랬다.

작업실 일지
사교성 제로의 자매가
안에 있어요

작업실은 동생과 둘이 함께 쓰고 있다. 나는 그림을 그리고, 그 그림들로 제품을 만든다. 동생은 그 제품들을 정리하고 배송을 보내주며, 본인의 작업인 자수와 뜨개질을 한다. 처음에는 나 혼자 작업실을 쓰고 동생은 가끔 와서 도와주는 식이었는데 어쩌다 보니 책상 하나를 내주게 되었다. 낮에는 같이 산책을 다니거나 작업실에 실없이 앉아 커피를 마시며 노닥거리고, 밤이 되어서야 각자 작업을 하며 시간을 보내다가 함께 영화를 보기도 술을 마시기도 한다. 새벽까지 일을 해야 할 때면 둘이라서 무섭지 않아 좋다. 하루 중 대부분의 시간을 그렇게 작업실에 둘이 콕 박혀서 보내고 있다.

동네 사람들은 여기가 뭐 하는 곳인지 궁금한 모양이었다. 대뜸 문을 열고 들어와서 뭐 하는 곳이냐고 묻는 사람도 꽤 많았다. 그럴 때마다 그림 그리는 작업실이라고 답했다. 그러자 그림만 그려 가지고 어떻게 먹고사는지를 궁금해했다. 엽서 같은 걸 만들어서 인터넷으로 팔고 그래요, 하고 내가 대답하면 상대방은 안타깝다는 듯 엽서 같은 거 팔아서 얼마나 남겠느냐, 여기서 그림 그리는 수업을 해야 한다, 미술학원으로 바꿔야 된다 등의 수많은 조언을 건넸다. 동생이 자수와 뜨개질을 한다는 게 알려지자 그럼 뜨개질 공방이 좋겠다, 자수 수업을 해라, 월세가 얼만데 공간이 아깝지 않느냐 하는 조언들이 쏟아졌다. 그럴 때면 동생과 나는 아주 난감했는데, 왜냐하면 우리는 사교성 제로의 무뚝뚝한 자매이기 때문이다. 새로운 사람을 만나는 것을 좋아하지 않고, 둘이서 술이나 홀짝이며 낄낄대는 것이 마음 편한 방안퉁수 그 자체들인 것이다. 언니는 그림을 그리고 동생은 자수를 놓고 뜨개질하는 곳이라고 하면 사랑스럽고 아기자기한 공방을 떠올릴지 모르겠으나 우리는 그런 것과는 거리가 멀었다. 옷도 늘 검은 옷만 입고 사근사근하게 말하는 법도 모른다.

그럼에도 우리는 이 작은 작업실에서 사부작거리며 일해 먹고산다. 내 그림으로 제품을 만들어 판매하고, 동생이 내 그림으로 자수를 놓아 책도 한 권 같이 썼다. 둘이서 함께 열심히 일하고 가끔은 시시덕거릴 수 있는 이 공간이 있어서 다행이다. 좋아하는 일을 하고 싫어하는 일은 하지 않을 수 있어서 또 다행이다.

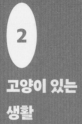

2

고양이 있는
생활

로큰롤 고양이

고양이에게도 음악적 취향이란 것이 존재한다는 사실을 아십니까. 복길이는 록 음악을 좋아하는 고양이. 우리 작업실은 아침에 출근하면 잠을 깨기 위해서 록 음악을 틀어 놓는 룰이 있는데, 복길이가 이 시간을 꽤나 즐기고 있다는 걸 알게 되었다. 고양이는 표정이 없기도 하고 복길이는 특히 골골대는 소리도 작아서 좋아하고 있다는 걸 잘 몰랐는데, 어느 날 록 음악을 틀어 놓으니 갑자기 다가와 내 발 위에 납작 엎드리는 것이 아닌가. 가만히 있으니 발에서 미약한 진동이 느껴졌다. 그렇다. 복길이는 골골대고 있었다. 혹시 고양이는 원래 록 음악을 좋아하는 건가 싶었지만 다른 고양이들은 시끄러운지 영 싫어하는 기색이었다. 오직 복길이만의 유니크한 취향이다. 둠둠거리는 비트의 음악을 틀어 놓고서 몸을 두들겨 주는 것을 특히 좋아하는 듯하다. 몸을 두들겨 주는 손길을 좋아하는 것인지 록 음악을 좋아하는 것인지, 닭이 먼저인지 달걀이 먼저인지처럼 헷갈리는 일이지만 어쨌든 록 음악을 틀어 놓고 궁둥이를 팡팡 때리면 무척이나 좋아한다.

복길이가 좋아하는 노래로 AC/DC의 〈Thunderstruck〉, Queen의 〈Another One Bites the Dust〉, Red Hot Chili Peppers의 〈Can't Stop〉 정도가 있다. 록 음악이 아닌 다른 음악에는 어떻게 반응할까 궁금해서 비교적 잔잔

한 밴드 음악을 틀어 보았더니 미동도 없었다. 올드 록을 좋아하는 고급 취향의 고양이라고 할 수 있겠다. 〈Thunderstruck〉에서 썬! 더! 하는 부분에 맞춰 엉덩이를 퉁! 퉁! 두들겨 주면 너무 좋아서 배를 까뒤집고 버둥대기까지 한다. 주로 이 과정은 복길이가 바닥에 퍼질러 누워 있을 때 시행되며, 인간은 쪼그리고 앉아서 배와 궁둥이를 두들겨 줘야 한다. 하지만 인간의 관절과 도가니가 힘겨워하는 요즘에는 그냥 바닥에 편히 앉아서 두들겨 드리고 있다. 복길이는 흥이 오르면 신발을 뜯거나 발목을 깨물거나 할퀴는 경우가 있어서 헌 신발을 신고 양말을 꼭 챙기는 것이 중요하다. 또한 아파도 소리를 지르지 않고 참는 것이 집사의 미덕.

이 의식은 매일 오전 중에 서너 곡 정도 진행해야 한다. 실수로 건너뛰면 복길이가 왠지 구슬픈 목소리로 애옹거린다. 밥을 원하는 목소리와는 뭔가 옥타브가 다르다고 해야 할까. 원하는 것이 정확한 똑똑이 고양이 김복길. 그래, 인생은 로큰롤이야. 오늘도 리듬에 맞춰 복길이의 배를 열심히 뚜들긴다.

고양이 공유오피스의 일과

원래 나의 아침 기상 시간은 11시에서 12시 사이였다. 프리랜서의 가장 큰 특권은 늦잠이 아닌가. 그랬던 기상 시간이 앞당겨진 것은 전적으로 고양이들 때문이다. 아침마다 길바닥에 앉아서 우리 집 쪽을 바라보고 있을 고양이들이 눈에 밟혔다. 그렇다고 아주 일찍 일어난 것은 아니고 10시쯤으로 스스로 타협을 보았다. 동생과 아침을 먹고 출근하면 11시쯤 되었다. (**기상 시간과 출근 시간은 점점 더 앞당겨져서 지금은 오전 8시 반에 일어나 작업실로 향한다.**) 고양이들은 작업실 앞에서 기다리고 있다가 우리가 보이면 후다닥 달려온다. 고양이들을 주렁주렁 달고 작업실 문을 열면 시작되는 작업실의 하루. 첫 일과는 밥 달라고 시끄럽게 울어 대는 고양이들의 아침밥을 챙기는 일이다. 네 그릇을 모두 챙기고 나면 비로소 조금 조용해진다.

　　오전에는 보통 의자에 늘어지게 앉아서 멍하니 시간을 보낸다. 식사를 마친 고양이들이 뿔뿔거리며 돌아다니고, 인간들은 가만히 앉아 커피를 마신다. 여섯 생명체가 복닥거리는 이 어수선한 작업실에서 동생과 나는 노닥대며 웹 서핑을 하거나 산책을 나간다. 산책을 나갈 때에는 고양이들을 모두 내보냈다. 작업실에 깨질 만한 물건이나 화분이 매우 많기 때문에 사람 없이 고양이들만 작업실에 둘 수는 없었다. 모두 내보낸 다음 최대한 빠르게 산책을 하고서 작업실로 돌아온다. 고양이들은 역시나 문 앞에서 기다리고 있고, 또 다 같이 와르르 들어가서 각자의 자리를 찾아 앉는다. 인간들은 일할 의욕이 생기면 작업을 하거나 아니면 다시 시답잖은 시간을 보낸다. 고양이들은 모두 자는 시간이다. 그렇게 오후가 저물어 간다.

　　　작업실에서 일은 대체 언제 하는 건지 의아할 수도 있겠다. 우리는 대체로 저녁을 먹고 일을 한다. 낮부터 그림을 그리면 참 좋겠지만, 여러 번의 시행착오 끝에 이것을 나름의 루틴으로 받아들이기로 했다. 저녁 시간이 되면 나와 동생은 집에 가서 저녁을 먹고 오기 위해 고양이들을 또 한 번 밖으로 내보낸다. 자고 있는데 깨우면 나가기 싫어하지만 작업실의 물건들과 고양이들의 안전을 위해서는 어쩔 수 없다. 미안해! 외치며 집으로 뛰어가서 삼십 분 만에 후다닥 밥을 먹고 돌아오면 고양이들이 옹기종기 앉아 우리를 기다리고 있다. 닭가슴살을 얹은 습식으로 고양이들에게 저녁을 먹인 후 나는 본격적으로 일을 시작한다. 저녁 일곱 시부터 열두 시까지는 집중해서 그림을 그리는 편이다. 왜냐하면 발등에 불 떨어졌으니까. 고양이들은 다시 각자의 자리를 찾아 이곳저곳에서 잠을 청한다. 고양이들이 하루 중 가장 깊게 자는 시간이다. 밀린 일을 정신없이 처리하다 보면 새벽 한두 시가 훌쩍 넘어 있다. 작업실을 대강 정리하고 퇴근할 준비를 하면 고양이들도 일어나 돌아다니기 시작한다. 야심한 시각, 우리끼리 복닥복닥 정리를 마치고 다 같이 작업실 문을 나서면 인간과 고양이의 공유오피스도 비로소 어둠에 잠긴다.

매일매일 지독히도 똑같은 일상을 살고 있지만 놀랍도록 지루하지가 않다. 틈만 나면 지겹다, 집중이 안 된다, 외치며 책상을 옮겨 대고 6개월에 한 번씩은 여행을 다니곤 했는데 무엇이 나를 변하게 한 것일까. 아무래도 고양이들 때문이 아닐까.

장난감 탐구생활

날아라 고양이!

파닥 파닥

네 마리의 고양이는 자기들끼리 치고받고 뒹굴며 시간을 보내곤 했다. 처음에는 그랬다. 그러나 시야가 점점 넓어지더니 급기야 작업실 이곳저곳을 들쑤시고 다니기 시작했다. 늘 바닥에서 자던 고양이들이 의자 위로 올라오고 책상 위에도 올라오고 화분도 밟고 올라갈 때쯤 장난감을 샀다. 주의를 돌리고 기운을 빼야 작업실의 물건들이 살아남을 수 있을 것 같았다. 그렇게 고양이 장난감 탐구생활이 시작되었다.

고양이도 다들 각자의 장난감 취향과 놀이 패턴을 가지고 있다. 가장 처음 구입한 장난감은 캣닢 향이 나는 쥐돌이 장난감이었다. 고양이 장난감은 보통 삼천 원 미만인 것을 몰랐던 초보 집사는 비싼 돈을 주고 사 왔다. 내구성이 떨어지는 싸구려 장난감을 여러 개 사서 자주 바꿔 주는 것이 좋다는 사실을 그때는 몰랐다. 고양이들은 장난감이 금세 너덜너덜해지는 것을 더 좋아하는 듯했다. 쥐돌이 장난감은 정남이가 특히 좋아했다. 정남이의 놀이 패턴은 대장 고양이답게 매서웠고, 한번 잡은 사냥감은 놓치는 법이 없었다. 이 쥐돌이를 한번 흔들기만 하면 정남이가 백 미터 밖에서부터 달려와 손톱과 이빨로 단단히 붙들고는 절대로 놔주지 않아서 그날의 놀이가 그 자리에서 종료되곤 했다. 쥐돌이를 좀 흔들어 보고 싶어도 쥐돌이에 커다란 고양이가 주렁주렁 달려 있으니 전혀 흔들 수가 없었다. 신나는 놀이 시간에 갑자기 찬물을 끼얹어 버리는 눈치 없는 정남이. 캣닙 중독자답게 쥐돌이를 숨겨 놓은 곳도 귀신같이 찾아내 책상 뒤로 들어가는 일이 허다해서 창고방에 감금해 놓아야만 했던 장난감이다. 이 쥐돌이는 정남이의 침으로 범벅이 되고 끈이 떨어지며 금세 유명을 달리했다.

복길이와 복남이는 놀이 패턴이 비슷한 편이다. 눈앞에서 빠르게 장난감을 흔들면 고개가 획획 돌아가고 푸다닥거리며 쫓아온다. 굉장히 활동적이고, 움직이는 사냥감을 좋아해서 공중에서 사냥감을 낚아채는 것도 잘한다. 두 고양이에게는 가볍고 반짝거리고 소리가 잘 나는 장난감이 좋다. 지금까지 열 개도 더 샀던 장난감이 하나 있는데, 이 장난감의 별명은 붕붕이다. 여태껏 많은 장난감을 사 보았지만 그 어떤 것에도 붕붕이만큼의 열렬한 반응은 보이지 않았다. 낚싯대 끝에 잠자리가 달린 장난감으로, 내구성이 조금 떨어지는 편이라 한꺼번에 여러 개를 사 두는 것이 좋다. 복길이 복남이와 놀아 줄 때는 쉬지 않고 붕붕이를 흔들어 주면 된다. 약간 시들해진다 싶을 때에는 가구 밑으로 숨기듯이 붕붕이를 집어넣으면 다시 눈을 번뜩이며 쫓아온다.

막내는 우리 작업실 최약체답게 놀이 방식도 하찮은 편. 붕붕이도 좋아하지만 시끄럽게 푸다닥 흔들면 그냥 멀뚱히 쳐다보고만 있는다. 막내가 좋아하는 것은 멈춰 있는 사냥감이다. 활발하게 움직이는 사냥감보다는 비실대는 사냥감을 좋아한다. 특히 비실비실한 사냥감에 빙의해서 메소드 연기를 해 주면 아주 좋아한다. 나는 지금 거의 죽어 가는 벌레다, 당장이라도 숨이 끊어질 것 같다, 생각을 하며 혼신의 힘을 다해 연기해야 한다. 죽기 직전 어두운 곳이나 이불 속으로 숨어드는 듯한 연기를 하면 동공이 최대로 확장되어 새카만 눈을 하고 달려드는 막내. 점점 발전하는 이 연기 실력을 더 써먹을 곳이 없어서 안타까울 따름이다.

비실비실 다 죽어 가는 연기를 하면 한참 뜸을 들이다가 달려드는데, 사냥감이 도망가고도 남을 만큼 뜸을 들이기 때문에 숨까지 참으며 기다려야 하는 것이 조금 괴롭다. 야생이었다면 사냥감들 다 도망가고 너는 아마 굶어 죽었을 거야, 라고 중얼거리다가도 길에서 다른 고양이들에게 치여서 걔네가 다 먹을 때까지 뒤에서 기다렸다는 게 떠오르면 또 짠하다. 한참을 놀다 보면 장난감이 떨어져서 줄만 남게 되는 경우가 있는데, 막내는 이것도 매우 좋아한다. 선물 상자를 묶는 끈도 좋아하고, 택배 박스를 대량으로 구매했을 때 묶여 있는 비닐끈도 좋아한다. 이런 것들로 놀아 줄 때도 물론 연기력은 필수다.

막내가 좋아하는 장난감이 하나 더 있는데, 그것은 바로 쥐돌이. 정남이가 좋아하는 비싼 쥐돌이와는 다르게 구백 원짜리 싸구려 쥐돌이다. 막대기에 끈으로 대롱대롱 달려 있는 쥐돌이였는데, 과연 구백 원짜리답게 개봉한 지 몇 분 만에 끈이 똑 떨어져서 쥐돌이만 남게 되었다. 남아 있는 쥐돌이를 데리고 막내는 혼자서 잘도 논다. 툭 치고는 혼자 쫓아가기도 하고, 두 손으로 잡아서 공중에 띄우기도 한다. 가끔 내가 끼어들어서 저 멀리 던져 주면 후다닥 쫓아가는 궁둥이가 어쩌나 웃긴지 모른다. 비슷한 쥐돌이를 사 봤지만 아직까지는 이 구백 원짜리 쥐돌이가 막내의 베스트 프렌드다.

그 외에도 수없이 많은 장난감을 검색해 보고 사 보았다. 고양이들이 너무 좋아해서 '영혼 탈곡기'라는 무시무시한 수식어가 붙은 장난감도 사 보았는데, 이상하게도 우리 작업실 고양이들은 하나같이 반응이 없었다. 수술 모양의 장난감도 여러 개 사 보았지만 실패, 방울 달린 장난감들도 다 실패, 깃털 모양의 장난감들도 다 실패했다. 어찌 된 일인지 붕붕이만 좋아하는 우리 고양이들. 오늘도 한 마리의 붕붕이가 사망하고 새로운 붕붕이를 뜯었다. 붕붕이의 생산이 중단되는 일이 없기를 기도한다.

쥐돌이는 내꺼야

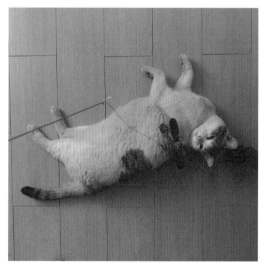

하룻밤 고양이

그날도 작업실 뒷정리를 마치고 늦은 밤에 퇴근했다. 고양이가 넷이나 되니 한꺼번에 내보내는 일이 쉽지 않다. 어르고 달래 밖으로 다 같이 나간 다음 뒤를 돌아 문을 닫고 잠갔다. 그 순간 이상한 기분이 들어 주변을 둘러보니 복길이가 보이지 않았다. 다시 문을 열고 들어가 작업실 안을 샅샅이 뒤졌지만 어디에도 없기에 아까 나갔을 때 복길이 혼자 멀리 가 버렸나 보다 생각했다. 왠지 찜찜했지만 기분 탓이겠거니 하고 집으로 향했다.

　　　　다음 날 출근길에 다시 한번 뭔가 잘못됐다는 느낌이 들었다. 문 앞에 고양이가 셋밖에 없는 것이었다. 조금 늦을 때도 있으니 곧 오겠지 생각하며 문을 연 순간, 안쪽에서 뭔가 스르륵 나오는 것 같았는데 확실히 보지를 못했다. 뭐지? 뒤를 돌아보니 고양이가 넷이었다. 정말로 이상했다. 고개를 갸우뚱하며 문을 활짝 열자 안에서 냄새가 엄습해 왔다. 똥 냄새였다. 복길이는 알 수 없는 표정을 하고 있었다. 그렇다. 복길이는 작업실에 몰래 숨어서 하룻밤을 혼자 지낸 것이었다. 아직 고양이 화장실을 마련하지 못해 화장실도 없을 때였는데, 그렇다면 이 똥 냄새의 정체는 무엇이겠는가. 당연히 복길이가 밤새 싸 놓은 똥이었다.

신통하게도 그나마 볼일을 보기에 합리적인 장소로 보이는 세면대에만 흔적이 있었다. 고양이는 배설물을 무언가로 덮는 버릇이 있는데, 그래서인지 옆에 있었던 산 지 하루 된 고무장갑으로 똥을 덮어 놓은 모습이었다. 고무장갑은 못쓰게 되었지만 나름의 뒤처리를 했다는 점이 기특했다. 작업실 물건들의 상태도 점검해야 했다. 작업실은 온갖 물건이 잡다하고 식물도 많아서 고양이가 헤집고 다니면 부서질 것들이 정말 많았다. 그런데 털끝만큼도 건드린 것이 없어 보였다. 똥이 없었다면 복길이가 갇혀 있었다는 사실을 끝내 알아차리지 못했을 거였다. 두 번째로 기특했던 부분.

세면대의 배설물을 제외하면 작업실은 아주 깨끗했다. 멋지고 예의 있는 고양이 김복길. 이날의 경험으로 고양이는 움직일 때 소리를 전혀 내지 않으니 어딘가에 갇히지 않도록 조심해야 한다는 것을 배웠다. 고양이는 잘못이 없다. 잘못은 언제나 인간이 합니다.

몰랐던 것들

원래 고양이를 좋아하는 편이었고 유튜브에서도 고양이 채널만 수십 개 구독해 두었지만 고양이에 대해 모르는 것이 많았다. 직접 키워 보고 만져 보지 않으면 알 수 없는 것들. 눈 위에 털이 듬성듬성해서 탈모인 줄 알았다거나, 귀 아래가 갈라져 있는 걸 보고 다쳐서 찢어진 줄 알았다거나, 배를 만질 때 느껴지는 것이 여드름이나 혹인 줄 알았는데 젖꼭지였다거나 하는 경우는 흔하다고 한다. 처음에는 심장이 떨어지는 줄 알았다. 일일이 검색해서 고양이에게 자연스러운 현상들이라는 걸 알고 나서야 가슴을 쓸어내리곤 했다.

그중에서도 전혀 몰랐던 부분은 주로 촉감에 관한 것이다. 고양이를 멀찍이서 보거나 화면으로만 보았지 실제로 만져 본 적은 없었던 까닭이다. 혀가 까칠하다는 것은 알았지만 여러 번 쓸리면 살이 거의 벗겨질 듯 따갑다는 것은 몰랐고, 귀 뒷부분 털이 보드랍다거나 고양이에 따라서 털의 감촉이 다르다는 것은 키우고 나서야 알게 되었다. 막내와 복남이는 털이 꽤나 반지르르하고 복길이는 숱이 많아 약간 폭신폭신한 반면에 정남이는 털이 꽤나 거친 편이다. 고양이가 발톱으로 할퀴거나 작정하고 꽉 물면 그 자리가 금세 부어오르면서 쓰라리고 거의 영구적인 흉터를 남긴다는 것도 몰랐다.

청각적인 부분으로는 골골대는 소리가 있다. 기분이 좋을 때 내는 이 소리도 고양이마다 다르다. 복길이는 구릉구릉 하고 조용한 자동차 엔진 같은 소리를 낸다. 막내는 좀 더 가벼운 소리를 내는데 호흡기가 좋지 않은지 가끔 쿠르륵 하고 뭔가 걸리는 듯한 소리가 난다. 복남이가 골골대는 것은 한 번도 듣지 못해서 모르겠다. 한편 정남이는 크고 우렁찬 소리를 낸다. 복길이처럼 엔진 소리와 비슷한데 복길이가 조용한 자동차 엔진, 막내가 작게 달달거리는 스쿠터에 가깝다면 정남이는 경운기의 엔진 소리처럼 힘차다.

겪어 보지 않으면 모르는 것은 성격도 마찬가지다. '고양이 같은 성격'이라고 하면 까칠하면서 독립적인 모습을 막연히 떠올리곤 했지만, 당연히 고양이들도 사람처럼 각자의 고유한 성격이 있다. 콩이처럼 늘 즐거운 고양이도 있고, 정남이처럼 사람을 좋아하고 모든 고양이와 잘 지내는 사교적인 성격도 있고, 무던하면서 애교가 많고 식탐도 많은 복길이 같은 성격도 있다. 복남이는 조심성이 많고, 막내는 애교가 많은 것 같기도 아닌 것 같기도 한 복잡한 성격의 고양이다. 고양이도 기분이 좋은 날이 있고 나쁜 날도 있으며 날씨에 따라 기분이 달라지기도 한다. 가끔은 고양이에게도 바이오리듬이라는 것이 있는 게 아닐까 의심이 들 정도로 감정 기복을 보이기도 한다. 기분 좋고 컨디션도 좋아서 내내 천방지축같이 돌아다니는 날이 있는가 하면 다운된 기분으로 하루 종일 잠만 자는 날도 있고, 기분이 나쁠 땐 건드리기만 해도 마징가귀가 되거나 콱 물어 버리기도 하는 것이다.

취향 또한 모두 달라서 엉덩이를 두들겨 주는 것을 싫어하는 고양이도 있다는 걸 알았다. 막내가 이상하게 사람을 자주 물어서 왜 그럴까 싶었는데, 가만히 관찰해 보니 엉덩이를 두드릴 때마다 물려고 하는 것이었다. 수없이 손을 물리고 나서야 그 사실을 알아챘다. 몸이 작고 살이 말랑해서 그런지 세게 두드리면 싫어하고 두어 번 살살 도닥이거나 긁어 주는 것을 좋아한다.

아직도 모르는 것이 많은 초보 집사지만 열심히 알아 가고 있다. 가끔 고양이와 빤히 눈을 마주치고 있으면 왠지 의사소통이 되는 것 같은 착각이 드는데, 그때는 어쩐지 말을 가르쳐 주면 알아들을 것 같은 느낌이다. 야, 사람말 언제 배울 거야? 하고 실없이 물어보기도 한다. 고양이가 사람말을 배울 수 있다면 얼마나 좋을까. 물어보고 싶은 것들이 산더미 같다.

잠자는 고양이들

고양이는 정말이지 기상천외한 자세로 잠을 잔다. 뼈가 없는 것처럼 온몸을 뒤틀고도 아주 편안하게 잔다. 내가 가장 좋아하는 모습은 혀를 내밀고 자는 것이다. 너무 귀여워서 가까이, 좀 더 가까이에서 사진을 찍다가 결국에는 고양이를 깨워 버리고 만다. 초반에 고양이들은 작업실에서 잠을 자지 못했다. 잔뜩 웅크린 채 경계하는 자세로 있거나 다리에 꼬리를 감고 똑바로 앉아서 가끔씩 졸고는 했다. 시간이 지나자 웅크리고 경계하는 자세에서 고개가 조금씩 떨어졌다. 그대로 점점 더 바닥과 가까워지더니 어느새 바닥에 코를 박고 잤다. 맨 처음 잠든 고양이는 역시 속 편한 성격의 복길이. 문을 닫아 놓는 것에 제일 먼저 익숙해진 고양이도 복길이였다.

화분 옆의 구석이나 의자 옆에서 쪽잠을 자던 고양이들이 금세 의자 위로 올라와서 잠을 자기 시작했고, 결국 겨울이 오기 전에 책상 위를 점령했다. 적당한 곳에 담요와 방석을 사다 나르자 알아서 한 자리씩 차지하고 잠을 잤다. 좀 더 편하게 재우고 싶어서 소파를 들여놓았고, 종국에는 작업실에 침대까지 들어왔다. 일곱 평짜리 작은 공간에 안 그래도 빈 구석 없이 가구와 물건들이 가득 차 있었는데도 어찌어찌 침대가 비집고 들어갈 곳을 만들었다. 사실 사람이 쉬려고 들여놓은 침대였지만 침대를 본 사람들 모두 저 침대는 고양이들의 것이 될 거라고 했고 그 예언은 현실이 되었다. 주로 고양이들이 침대에 널브러져서 자고, 인간이 한 번 늘어져 있을라치면 배 위로 고양이들이 올라온다. 그래도 침대는 정말 잘 샀다.

경계를 완전히 풀고 자는 고양이를 바라보는 것이 좋다. 핸드폰 중독이라 잠시라도 핸드폰을 보지 않고서는 견디지 못하는 사람이지만 고양이가 자는 모습은 몇 시간이라도 가만히 쳐다볼 수 있다. 배 위에 올려놓은 앞발을 만져 보기도 하고 꿈틀대는 수염, 빼꼼 나온 혓바닥, 촉촉한 코를 관찰한다. 햇빛이 내려앉은 정수리에 코를 대면 따스하고 고소한 냄새가 올라온다. 태어나서 한 번도 목욕을 해 보지 못한 길고양이인데도 나쁜 냄새가 나지 않는 것이 신기하다. 가끔은 이 시점에서 고양이가 깨기도 하는데, 자는 걸 깨웠는데 귀찮지도 않은지 골골거리곤 한다. 그게 좋아서 하루에도 몇 번씩 잠자는 고양이를 귀찮게 한다.

우리가 함께한 겨울

고양이들을 돌보게 된 이후로 가장 싫어진 계절은 겨울이다. 길고양이에게는 정말로 잔인한 계절이 아닐 수 없다. 겨울이 되고서는 고양이들이 우리를 기다릴 때 춥지 않도록 문 앞에 방석이나 박스를 두고 자리를 만들어 주었는데, 이상하게 그 안에 들어가지 않고 무작정 작업실 앞에 주차된 차 위에 올라가 있곤 했다. 막내는 몸집이 작고 운동신경이 떨어져 차 위로 올라가지 못하고 늘 찬 바닥에서 웅크리고 있다가 내가 출근하면 꼬리를 세우고 달려왔다. 한파 특보가 있는 날이면 누구 하나 얼어 죽어서 다신 보지 못하게 되는 건 아닐까 걱정을 하며 선잠을 잤고, 그마저도 자다 일어나 새벽부터 작업실로 향하던 날들이 있었다. 영하 15도 아래로 내려가는 날에는 작업실 의자에 앉아서 쪽잠을 자며 고양이들과 밤을 새곤 했다.

　　그리고 야심 차게 겨울집을 준비했다. 우리가 쓰던 담요까지 넉넉히 넣은 것을 첩보작전이라도 하듯 밤에 놀이터로 나가 설치해 두었는데, 어찌 된 일인지 아무도 겨울집을 쓰지 않았다. 나중에 알게 된 사실이지만 우리 고양이들은 막혀 있는 공간을 싫어했다. 예컨대 숨숨집 같은 것들. 그걸 몰랐을 때 고양이에겐 개인 공간이 꼭 필요해서 숨숨집은 필수라는 말을 듣고 작업실에 둘 숨숨집을 찾기 시작했다. 검색 끝에 아래는 숨숨집 형태이고 위에는 방석이 깔린 2층짜리 숨숨집을 골라 두 개 구입했다. 1층 숨숨집에 한 마리씩 들어가고 위층에도 한 마리씩 올라가면 네 마리가 각자의 공간에서 편히 쉴 수 있을 거라 생각했다.

그러나 사 놓고 보니 1층은 비워 두고 굳이 비좁게 2층에서 둘씩 부둥켜안고 자는 것이 아닌가. 그때 깨달았다. 우리 고양이들은 숨숨집을 싫어하는구나! 일반적으로 고양이가 좋아한다는 물건을 네 마리 모두 싫어한다는 것이 신기했다. 그래도 햇볕이 닿는 곳에 숨숨집 두 개를 나란히 놓으면 그 위에서 둘씩 부둥켜안고 자는 고양이들을 바라보는 것이 참 좋았으므로 절반은 성공했다고 생각하기로 했다. 사람 둘에 고양이가 넷, 이렇게 여섯 식구가 난로 두 개 놓인 일곱 평 작업실에서 하루 종일 붙어 지내는 우리들의 첫 겨울이 시작되었다.

작업실에서 재우기 작전

그러나 가장 추울 시간에 밤새 밖에 있어야 하는 고양이들을 위해 뭔가 대책이 필요했다. 그즈음 온종일 작업실에 엉덩이를 붙이고 있던 고양이들이 퇴근할 때도 나가지 않으려 도망 다니고 버티기에 겁을 줘서 내쫓아야 했는데, 그게 미안하기도 하고 걱정되기도 해서 고양이들을 작업실에 재워 보기로 했다. 혼자 얌전하게 하룻밤을 보냈던 복길이를 생각하면 길고양이도 의외로 얌전한 것 같았다.

첫 실험 대상은 막내. 작고 약해서 특히 안쓰러웠기 때문이다. 어쩐지 긴장되는 마음으로 스크래처를 사고 인형도 하나 샀다. 평소 잘 자던 자리에 담요를 반듯하게 개켜 두었다. 사료를 가득 채우고 물은 새로 갈았다. 리빙박스와 모래를 사다가 화장실도 만들어 주었다. 책상 위에 물건이 하나도 없도록 깨끗하게 정리하고 은은한 조명 하나만 켜둔 채 막내를 두고 퇴근했다. 만반의 준비를 했지만 그래도 걱정이 되어 잠을 설쳤다. 열두 시 넘어서 퇴근한 우리는 아침 여섯 시에 기상해 작업실로 달려갔다. 문을 여는 순간, 문앞에서 기다리고 있던 막내가 쏜살같이 튀어 나갔다. 닭가슴살로 살살 달래며 유인했지만 작업실로 들어오지 않았다. 막내는 다시 오지 않을 거야… 좌절하며 머리를 쥐어뜯었다. 하지만 막내는 정오가 되기 전에 돌아왔다. 작업실은 뭐 하나 깨지거나 부서진 것 없이 멀쩡했다. 화장실에는 똥이 한 무더기 있었다.

어설프긴 해도 나름 성공적인 실험이었다고 생각한 우리는 고양이들을 다 같이 재우기로 했다. 영하로 떨어져 무척 추웠던 날, 네 마리를 몽땅 작업실에 두고 문을 잠갔다. 발이 떨어지지 않았지만 어찌어찌 집으로 갔다. 새벽 두 시쯤 퇴근해서 씻고 나오니 세 시쯤 되었을까. 불안한 마음에 다시 작업실로 향했다. 문을 열어 보니 평소 책상 위에는 절대 올라가지 않던 복남이가 책상 위에 있었고, 기다렸다는 듯 복길이와 함께 밖으로 달아났다. 화장실에는 벌써 똥이 한가득했다. 그게 누구의 똥이었는지는 아직도 모른다. 나중에 안 사실이지만 고양이가 네 마리면 화장실은 다섯 개 정도가 필요하다고 한다. 무지했던 나는 단 하나의 화장실만 둔 채 네 마리를 가두어 놓았던 것이다. 아무튼 그때까지도 정남이와 막내는 멀뚱히 앉아 있기에 화장실을 치워 주고 작업실에 둘만 둔 채 다시 문을 잠그고 나왔다. 그날도 잠을 설쳤다. 아침 일곱 시에 동생이 작업실로 간다고 했다. 그리고 간 지 몇 분도 되지 않아 문자가 왔다. 화분 다섯 개가 박살이 나고 커튼에는 구멍이 뻥뻥 뚫린 작업실 사진이 도착해 있었다. 주동자는 정남이로 추정, 막내는 구경만 한 것 같왔다. 문을 열자마자 막내와 정남이 모두 도망갔다고 했다. 화분을 대강 치운 동생이 너덜너덜해져서 집으로 돌아왔고, 우리는 열한 시까지 늦잠을 자고 출근했다. 막내와 정남이는 오후에 돌아왔다.

이 사건 이후로 고양이들을 작업실에서 재우지 않았다. 아주 추운 날에는 차라리 작업실에서 같이 밤을 샜다. 밖으로 나가질 않는 고양이들 때문에 매일 하던 산책도 줄였다. 그러나 설상가상 마감이 겹치고 산책을 전혀 하지 못하자 머리가 빠지기 시작했다. 그렇지 않아도 적은 운동량이 거의 없다시피 되어 버리자 탈모가 온 거였다. 또다시 대책이 필요했다. 방법을 찾던 우리는 홈캠을 사서 작업실에 설치했다. 고양이들을 작업실에 두고 산책하거나 짧은 외출을 하기 위해서였다. 초반에는 밖에서도 계속 카메라만 들여다보며 전전긍긍하다가 조금만 이상한 낌새를 보이면 작업실로 뛰어가곤 했지만.

홈캠 적응 기간을 끝내고(**고양이 말고 인간**) 조금 용기가 생긴 후로는 영하 10도 이하로 내려가는 날엔 종종 막내 혼자 작업실에 재웠다. 막내는 혼자 잘 잤던 전력이 있는 데다가 퇴근할 때 특히 나가기 싫어하며 마지막까지 버텼기 때문이다. 불안해서 카메라를 켜 두고 선잠을 자야 했지만 그래도 막내를 추운 바깥으로 내보내는 것보다는 나았다. 막내는 밤새 아무런 사고도 일으키지 않고 잠만 잤다. 그리고 우리가 아침 일찍 작업실에 나가면 아주 반가워하며 삼십 분도 넘게 골골거렸다. 언젠가는 더 넓은 곳에서 각자의 공간을 두고 고양이들과 다 같이 살 수 있었으면 좋겠다. 그때는 나도 좀 더 의젓한 집사가 되어 있겠지.

다섯 갈래
산책길

누군가 그림 그릴 때 영감을 어디에서 얻느냐고 물으면 나는 언제나 산책이라고 답한다. 길을 걸으면서 보는 작은 풀과 나무들이 나에게는 가장 큰 영감의 원천이다. 그토록 산책을 좋아하기도 하지만 매일 의무적으로 산책을 하는 데에는 또 다른 이유가 있다. 운동과 담을 쌓은 내가 산책이라도 하지 않으면 언제라도 급사하고 말 것 같았기 때문이다.

어느 가을, 마감 두 개가 밀어닥쳐서 하루에 열다섯 시간씩 그림만 그리던 날들이 있었다. 산책은커녕 화장실만 간신히 다녀왔고 밥을 먹을 때도 책상을 벗어나지 못했다. 그렇게 한 달이 지나자 머리가 빠지기 시작한 것이었다. 원래는 머리숱이 너무 많아서 감당이 안 될 지경이었는데 그 많던 머리숱이 훅 줄어들 정도로 많이 빠졌다. 정확한 원인을 모른 채 머리가 길어서 그런가 싶어 단발로 자르고, 탈모샴푸로 바꾸고, 머리를 자주 감아도 보고, 며칠에 한 번씩 감아 보기도 했지만 머리카락은 계속 빠졌다. 갑작스러운 탈모는 활동량 감소로 혈액순환이 잘되지 않은 탓이었다. 하루에 한 번씩 다시 산책을 했더니 빠지는 머리카락의 양이 점점 줄었다. 머리는 천천히 다시 자랐고, 봄이 되자 잔디인형 같은 머리가 되어 있었다.

매일매일 산책을 하려면 다양한 코스를 찾아 놓는 것이 중요하다. 이 동네에는 다섯 갈래의 산책길이 있다. 가장 많이 다닌 첫 번째 코스는 작업실에서 딱 1분 거리의 커다란 체육관이 있는 공원 코스다. 트랙을 돌기도 하고, 뒷문으로 나서면 연결되는 습지를 지나 언덕길을 오르고 둘레길을 걸어 다시 체육관으로 돌아오면 아주 훌륭한 한 시간짜리 산책 코스가 된다. 두 번째 코스는 고양이 공원. 작업실에서 큰길 하나만 건너면 초등학교 때부터 중학교 때까지 살았던 동네가 나오는데, 지금은 그 동네에 고양이가 많이 살고 있다. 친구들과 뛰어놀던 놀이터, 학교 갈 때 걸었던 길들 곳곳에 고양이가 앉아 있다. 몇 번 산책을 다녀 보고서 이곳에는 체계적인 시스템으로 길고양이를 관리해 주는 모임이 구축되어 있다는 사실을 알게 되었다. 그야말로 길고양이의 천국과도 같은 곳이다. 고양이도 많고 아름드리나무도 많고 곳곳에 어린 시절의 추억이 서려 있는, 내가 가장 좋아하는 산책길이다.

세 번째는 산 초입까지 올라가는 코스다. 이 근방에서 가장 높은 곳이라 등산객도 꽤 많이 다닌다. 산의 초입까지 올라가는 길로, 나는 등산을 좋아하지 않으므로 적당한 곳에서 뒤돌아서야 한다. 산

아래에는 작은 마을이 형성되어 있는데 마당이 예쁜 주택이 줄지어 있는 곳이라 구경하는 재미가 쏠쏠하다. 주로 마당에 무엇을 심어 두었는지, 어떤 나무가 있는지, 담벼락에 늘어진 저 식물은 무엇인지 구경하며 걷는다. 카페도 있고 식당도 있어서 어디서든 잠시 쉬어 갈 수 있는 동네다. 산의 초입, 마을의 가장 안쪽까지 올라가면 2층짜리 카페가 있고 1층에는 작은 독립서점이 있다. 책을 사서 카페에 올라가 커피를 마시면 완벽한 산책이 된다.

네 번째 코스는 배롱나무 산책길. 걸어서 20분 정도 걸리는 곳에 위치한 작은 공원에 배롱나무가 잔뜩 모여 있다. 8월에서 9월 사이에 가면 수십 그루의 만개한 배롱나무를 볼 수가 있다. 가는 길에 땀범벅이 될지라도 배롱나무를 보기 위해서라면 갈 수 있어, 라고 생각하며 씩씩하게 걷는다. 이상하게 사람은 별로 없고 탁 트인 곳에 배롱나무만 한가득이라 묘한 기분이 드는 아름다운 곳이다. 배롱나무의 꽃을 백일홍이라고도 부르는데, 이름처럼 백 일 동안 꽃이 피어 있으니 그동안에는 언제든지 20분만 걸으면 만개한 배롱나무를 볼 수가 있다는 게 소소한 행복이다. 올해도 어김없이 아름다울 배롱나무를 기대하며 여름이 오기만을 기다렸다.

마지막으로 가장 멀고 가장 긴 강변길 코스가 있다. 강변길까지 가는 데만 30분 정도가 걸리고, 본격적인 산책은 그곳에서부터 시작

된다. 그다지 큰 강이 아닌데도 주변 산책길을 꽤나 잘 정비해 두어서 걷기도 좋고 자전거를 타기에도 괜찮다. 산책하는 사람은 물론이고 라이딩을 하는 사람도 많은 인기 코스다. 이 강변길을 따라 걸으면 핑크뮬리를 심어 놓은 곳이 나온다고 해서 가을에 한번 가 보았는데, 왕복 한 시간 반 정도 걸리는 코스라 가볍게 자주 가긴 어렵지만 꽤 보람찬 느낌이라 그 이후로도 몇 번 다녀왔다. 핑크뮬리 말고도 멋진 나무가 많고 코스모스와 장미 꽃밭도 있어서 볼거리가 가장 풍성한 코스 되시겠다. 산책길에 쭉 늘어선 나무가 전부 벚나무라 봄이 되면 흐드러진 벚꽃을 보기 위해 타 지역에서도 일부러 찾아올 정도다.

다섯 갈래의 산책길만 걸어도 평생 그림 그릴 소재는 걱정 없다. 이 동네를 절대 떠날 수 없는 이유.

3

아무래도
넌 내 고양이

어떻게 나에게 왔니

막내에게 질켄이라는 약을 먹이기 시작했다. 며칠 전 작업실에 친구 여러 명이 놀러 왔던 것에 스트레스를 받았는지 계속 불안해하고 밖으로 나돌기에 모유 성분으로 안정을 돕는다는 스트레스 완화제를 먹여야겠다고 생각한 거였다. 약을 먹기 시작한 지 일주일도 되지 않아서 점차 차분해지는 모습이 보여 안심했다. 길고양이가 대체로 그렇지만 막내가 유난히 잘 놀라고 겁이 많은 것은 어릴 때 엄마의 보호를 받지 못해서가 아닐까 싶었다. 꾹꾹이를 거의 하지 않는 것도 엄마 젖을 잘 먹지 못해서 그럴 수 있다고 했다. 가끔 가만히 쓰다듬으면서 "막내야 너네 엄마는 어디 갔어?"라고 물어보곤 한다. 어쩌면 아주 어릴 때 엄마를 잃어버린 것이 아닐까.

막내를 어릴 때부터 보아 온 콩이 엄마가 막내는 그때 정말 못생겼었다고 했다. 요괴 같았다고도 했는데, 왠지 상상이 되기도 한다. 무늬가 특이한 데다가 작고 말라서 아주 웃겼을 거라 생각한다. 종종 궁금증이 꼬리에 꼬리를 물고 이어질 때가 있다. 요괴 같았다던 어릴 적 막내의 모습은 어땠을지, 같이 있다가 없어졌다던 형제들은 어디로 간 건지, 목소리는 언제부터 나오지 않게 되었는지, 병원을 그렇게 싫어하면서 중성화 수술은 어떻게 견뎠는지, 조금만 큰 소리가 나도 깜짝깜짝 놀라는데 차가 씽씽 다니는 길에서 무섭진 않았는지, 비 오는 날에는 어디에서 비를 피했을지.

　　어느 날 작업실 앞에서 복길이와 복남이를 발견한 분이 갑자기 말을 걸어오셨다. 복길이가 어렸을 때 돌봐주었다고 하셨다. 동네 공원에서 예쁨받았던 스타 고양이가 복길이의 엄마가 맞고, 그분 집에서 복길이를 낳았다고 했다. 그러고는 갑자기 "쟤네 되게 뻔뻔하지 않아요?"라고 하셔서 주위에 있던 모든 사람들이 웃었다. 지금 생각해 보면 복길이는 정말로 뻔뻔한 구석이 있다. 그분 말씀으로는 어린 복길이에게 좋은 것만 먹여서 입도 고급이 되었다고 하는데, 덕분에 복길이는 뻔뻔한 길고양이가 되어 우리 작업실까지 흘러들어 오게 되었다.

　　그럼에도 여전히 복길이에 대해 모르는 것이 많다. 엄마 고양이는 어디로 갔는지, 복남이와 아주 닮았는데 남매인 건지, 다른 애들과는 두루두루 친한 사교적 고양이이면서 막내와는 왜 사이가 안 좋은 건지, 가끔 비가 올 때면 그칠 때까지 어디에 있다가 뽀송한 모습으로 나타나는 건지, 알고 싶은 많은 것들. 그러나 평생 알 수 없는 어떤 것들이 있다.

목걸이 선물

끙

NEW
목걸이

비가 부슬부슬 내리던 날, 여느 때처럼 퇴근하기 위해 작업실을 정리하고 고양이들을 밖으로 내보냈다. 비가 오는 날은 고양이들을 내보내는 게 영 미안했지만 어쩔 수 없었다. 겁 많은 막내는 보통 차 밑으로 들어가서 숨어 있곤 했다. 그런데 이날은 평소와 다르게 막내가 어디론가 가는 것이었다. 새벽 한 시가 넘은 시간에 어디서 볼일이 있다는 듯 망설임 없이 걸어가는 것을 보고 아, 밤을 보내는 다른 아지트가 있구나, 싶어서 동생과 함께 따라가 보기로 했다. 마침 집으로 가는 길과 같은 방향이기에 어디로 가는지 뒤쫓아 보니 어느 가게 앞에서 이곳저곳 기웃거리며 냄새를 맡고 있었다. 여기서 밥을 주는 걸까. 하지만 그건 아닌 것 같았고, 한참을 지켜보아도 다른 곳으로 가지 않길래 그냥 집에 가자 하고 돌아섰다. 그런데 그때부터 막내가 우릴 따라오기 시작했다. 실은 목적지가 있던 게 아니라 뒤따르는 우리의 눈치를 보면서 우리가 가는 방향으로 앞장서고 있었던 거였다. 결국 작업실에서 1분 거리에 있는 우리 집 앞까지 막내가 따라왔고, 우리는 다시 발길을 돌려 막내를 작업실 근처에 데려다 놓고 나서야 퇴근할 수 있었다.

그날 밤은 잠이 오지 않았다. 별일 아닌 것 같지만 겁이 많은 막내가 평소의 영역을 벗어나 우리를 따라왔다는 게 나에게는 굉장한 충격으로 다가왔다. 더 이상 밖으로 나가기 싫어하는 막내를 억지로 내보내고 집에 가서 발 뻗고 잘 수는 없었다. 그렇게 막내는 그다음 날부터 작업실에서 살게 되었다. 이제는 퇴근할 때도 막내 혼자 작업실에 두고 간다. 아주 추운 날에는 종종 작업실에서 혼자 재우기도 했으니 그리 새삼스러운 일은 아니었지만 내 마음가짐이 바뀌었다는 게 중요했다. 그날 바로 목걸이를 주문했다.

2020년 3월 6일. 마침내 막내에게 목걸이를 선물했다. '막내'라는 이름과 내 전화번호가 적힌 인식표가 달린 목걸이. 그저 글자 몇 자 들어간 목걸이지만 이걸 사 주기까지 큰 결심이 필요했다. 목걸이를 채운다는 것은 막내를 작업실 고양이로 받아들이기로 결심하는 것이고, 그건 막내가 우리의 고양이가 된다는 뜻이었다. 다른 고양이들도 돌봐야 하니 막내를 아예 나가지 못하게 키우는 것은 어려웠지만, 어쨌든 막내를 평생 책임지기로 마음먹은 것이었다. 동생은 담담한 표정으로 이제 우리 둘이 같이 가는 여행은 15년 정도 불가능하다고 생각하면 된다고 말했다. 동생과 일 년에 두 번은 꼭 여행을 다녔는데 이제는 포기해야 했다. 작업실에 막내가 혼자 있으니 앞으로 늦잠도 잘 수 없다. 목걸이를 채워 준 것뿐인데 생각보다 많은 것이 바뀌게 되었다. 그래도 추운 날 막내를 내보낼 때의 그 이상한 기분을 더는 느끼지 않아도 되는 것이 좋았다. 한겨울을 다 보내고 봄이 올 때가 되어서야 막내를 작업실에 들인 것이 조금 미안했다.

막내가 작업실 고양이가 된 후로 우리의 출근 시간도 자연스레 앞당겨졌다. 밤새 혼자 작업실에 있는 것이 못내 안쓰러웠기 때문이다. 아침 8시 반에 기상해 세수도 하지 않은 채 고양이가 기다리는 작업실로 출근한다. 막내는 그 시간쯤이면 잠에서 깨 창가에 앉아서 바깥을 내다보고 있다. 나를 발견하면 얼굴을 알아보고 반갑게 인사해 줄 것을 기대해 보지만 전혀 그렇지 않다. 눈을 동그랗게 뜨고 누구지? 하는 표정으로 쳐다보다가 열쇠로 문을 열면 그제야 호다닥 문 앞으로 마중 나온다. 막내는 늘 덤덤하고 말이 없는 편인데 이때만큼은 꽤나 수다스럽다. 비록 목소리가 나오지 않지만 열심히 울면서 반겨 준다. 바닥에 뒹굴기도 하고 다리에 비비기도 하는 이 '반가워 타임'은 한때 한 시간까지 계속된 적이 있었지만 지금은 10분 내외로 종료된다.

목걸이는 노란색 체크무늬로 골랐다. 막내의 갈색 털과 잘 어울려 아주 예뻤다. 목걸이를 채워 준 3월 6일은 막내의 생일이 되었다.

부정교합이 닮았다

막내는 처음 봤을 때부터 웃기게 생겼다고 생각했다. 귀엽다는 느낌보다는 정말 특이하게 생겼다는 느낌에 가까웠다. 길고양이 중에서는 카오스가 흔하지 않은데 막내는 무려 카오스, 치즈, 흰색이 섞인 삼색 카오스였다(**영어로는 tortie라고 부른다고 함**). 그리고 코 옆에 검은 무늬가 있어서 까만 콧물처럼 보이기도 한다. 처음 보는 아이들은 호랑이 같다며 무서워하는 경우도 있다.

그렇지만 꽤 친해지고 나서 자세히 보니 막내는 참 귀엽다. 몸집이 작고 말랑말랑한 데다 까만 콧물도 귀엽고 코 위에 있는 작은 점도 귀엽다. 고양이의 이빨을 자세히 볼 기회가 없어 몰랐는데, 하품할 때 옆에서 보니 막내는 이빨이 숭숭 빠져 있었다. 고양이는 아래위 두 개씩 있는 송곳니 사이에 아주 작은 앞니가 대여섯 개씩 있는데, 이것들은 실제로 씹는 용도가 아니라 그루밍할 때 빗처럼 사용하는 이빨이라고 한다. 그루밍할 때 관찰해 보면 그 앞니들로 털을 놈놈놈 씹은 다음 갈퀴가 있는 혀로 싹싹 빗어 넘긴다. 촘촘한 참빗처럼 나란히 서 있는 작은 이빨들이 정말로 귀엽다. 근데 막내는 그 이빨이 숭숭 빠져 있는 것이었다. 윗니는 여섯 개 모두 있지만 사이가 다 벌어져 촘촘하지 않고, 아랫니는 세 개만 남아 있었다. 그래서 사실은 나이가 아주 많은 중년 고양이가 아닐까 싶었지만 동물병원에서는 두세 살 정도 된 것 같다고 했다. 무슨 사연으로 이빨이 빠졌는지는 모르겠다. 길 위를 전전했던 만큼 영양 불균형 탓일 수도 있겠고, 다른 고양이들에 비해 치간이 넓은 데다가 그루밍을 자주 해서 쉽게 빠진 것일 수도 있겠다.

막내의 이빨을 들여다보니 아랫니가 부정교합이다. 무슨 고양이가 부정교합인가 싶었지만 복길이가 약간 사시인 것을 생각해 보면 뭐 그렇게 특별한 일도 아닌 것 같다. 아랫니의 오른쪽 이빨 두 개는 앞뒤로 겹쳐서 나 있는데, 그건 나도 그렇다. 나도 이가 고르지 못한 편이고 막내와 똑같이 아랫니 오른쪽 두 개가 겹쳐 있다. 그걸 발견한 순간, 아 이것은 운명이다, 라는 생각을 하게 된 것이다.

처음 만났을 때를 떠올려 본다. 다른 고양이들에 비해 인간에게 친화적이지도 않고 작아서 눈에 띄지도 않았던 막내가 어떻게 우리 작업실을 꿰차게 되었는지 모를 일이다. 아파트에서만 거의 평생 살았던 내가 주택가로 이사 오게 된 것도, 집 근처에 작업실을 얻게 된 것도, 그 작업실 옆 공원에서 막내가 태어난 것도, 그래서 우리가 만나게 된 것도 모두 운명이 아닐까. 그 운명의 단서가 부정교합이라는 어이없는 생각 같은 건 잊어버리고, 우리가 운명적으로 만났다는 사실만 기억하자.

첫 병원 방문기

힘들다

흑흑

지침

간식만 조금씩 주다가 처음 밥을 주는 것이 어려웠고, 늘 보기만 하던 고양이를 처음 만져 보는 일도 어려웠으며, 작업실 안으로 고양이를 들이는 것도 참 어려웠다. 내 삶에 고양이가 들어온다는 것은 모든 게 산 넘어 산에 어려운 일투성이였지만 가장 어려웠던 것은 역시 병원에 데려가는 일이었다. 뚜벅이라 고양이를 가방에 넣어서 들고 걸어가는 것이 힘들기도 했으나 사실은 밥만 주는 것과는 전혀 다를 것이 분명한, 이 고양이의 보호자가 된다는 기분이 조금 무서웠던 것 같다.

막내는 처음 봤을 때부터 약간 감기 기운이 있는 듯 그르렁그르렁하는 가래 소리를 냈다. 목소리도 나오지 않는 것을 보고 호흡기가 좋지 않은가 보다 하고 대수롭지 않게 넘겼는데, 어느 날 아침에 보니 숨쉬기를 힘들어하고 자꾸 구역질을 했다. 마침 병원에 한번 데려가야겠다는 결심을 하고 주문해 둔 이동장 가방이 택배로 도착하는 날이었다. 오후에 택배가 올 예정이었으나 아침부터 막내의 상태가 너무 좋지 않았다. 결국 걸어서 20분 정도 거리에 있는 애완용품 숍으로 뛰어가서 오픈 시간까지 기다렸다가 이동장을 사 왔다. 그렇게 이동장을 사 오긴 했지만 일단 가방 안에 막내를 들어가게 하는 것부터가 전쟁이었다. 한번 들어가 볼래?

하면 스르륵 들어갈 줄 알았지만 그것은 무척 안일한 생각이었다. 장난감과 간식으로 아무리 꾀어도 절대 들어가지 않았다. 쏟아지는 장난감과 간식으로 막내가 혼란스러워하는 틈을 타서 억지로 가방에 밀어 넣고 출발해야 했다.

걸어서 약 15분 거리에 동물병원이 두 개 있었는데 좀 더 가까운 곳에는 작은 병원이, 길 하나만 더 건너면 24시간 운영하는 커다란 동물병원이 있었다. 계속 다닐 생각을 하면 큰 병원에 가는 것이 좋았겠지만 그 순간에는 길 하나 더 건너는 것조차 너무 힘이 들었다. 손으로 들어야 하는 이동장은 무거웠고, 막내는 목소리도 나오지 않는 주제에 계속 울어 댔다. 그런 막내에게 계속 미안하다고 말하며 달래야 했다. 동생과 나는 이동장을 번갈아 들면서 3월 중순의 쌀쌀한 날씨에 땀을 뻘뻘 흘렸다. 겨우겨우 도착해서 진료대에 막내를 올렸다. 접종도 안 되어 있고, 길고양이인지 집고양이인지도 모르겠으며, 그러나 목걸이는 하고 있고, 감기에 귀 진드기에 목소리도 잘 나오지 않는 막내를 보고는 수의사 선생님이 "이런 걸 다섯 글자로 뭐라고 하는지 알아요?" 하고 물으셨다. "뭔데요?" 했더니 "총체적 난국"이라는 답이 돌아왔다.

어쨌든 반쯤 길고양이처럼 키우는 것 같으니 최소한의 치료만 할지, 아니면 예방접종과 여러 가지 치료를 병행할지 물어보셨다. 나는 최대한의 치료를 다 하겠다고 답했다. 귀 진드기가 심해서 귀청소를 하고 물약을 받아 왔고, 구충 치료와 전체 예방접종도 시작했다. 허피스라는 고양이 감기 때문에 숨쉬기를 힘들어한 것 같다고 해서 먹는 약도 받았고, 큰 볼일을 매일 보지 못한다고 했더니 유산균을 추천하기에 그것도 샀다. 어마무시한 병원비가 나왔다. 일시불로 카드를 박박 긁고 막내를 안고 나왔다. 다시 땀을 뻘뻘 흘리면서 작업실로 돌아왔다. 막내는 오는 내내 또 열심히 울었고, 우리는 미안하다고 삼백 번쯤 중얼거렸다. 작업실에 도착한 막내는 밖으로 뛰쳐나가고 싶어 했다. 내내 문 앞에 쪼그려 앉아 있는 것을 조금 안정될 때까지 두었다가 문을 열어주니 나갔다 금세 돌아왔다.

그 후 며칠 동안 막내는 우리를 원망하는 듯 내외했지만 조금 지나니 괜찮아졌다. 하지만 일주일에 한 번씩 계속 병원을 가야 했으니 한동안은 사이가 좋지 못했다. 다행히 약을 먹고 며칠 만에 숨 쉬는 것이 편안해졌다. 동생과 나는 이동장을 품에 안고 다니느라 일주일도 넘게 근육통에 시달렸다. 귀 진드기는 워낙 심해서 몇 달 동안 매일매일 붙

잡고 귀청소를 해야 했다. 동생이 막내의 몸 전체를 감싸 안고 있으면 내가 귀에 물약을 넣고 닦았다. 매일 하루에 두 번씩, 두 달 넘게 귀청소를 계속했지만 막내는 조금도 적응하지 못하고 끝까지 치를 떨며 극도로 싫어했다. 고양이의 귀 안쪽은 원래 검은색인 줄 알았는데, 귀지가 모두 떨어져 나온 지금은 예쁜 분홍색이 되었다. 막내는 아직도 병원을 싫어하지만 내가 병원을 덜 무서워하게 되었다는 것이 작은 수확이랄까. 다른 고양이들은 병원에 데려가 보지 못했으니 아직도 넘을 산이 많이 남아 있지만 말이다.

고양이 다이어트

처음 작업실에 왔을 때 고양이들은 특별히 마르지도 통통하지도 않았다. 길고양이는 보통 비쩍 말라 있는 경우가 많은데, 동네에서 잘 얻어먹고 다닌 모양이었다. 길에서 오면가면 고양이들을 몇 번 보았을 때도 늘 동네 사람들에게 예쁨받으며 간식을 받아먹고 있는 모습이었다. 길고양이에게 간식을 주는 사람이 워낙 많아서 놀이터 앞 편의점은 반려동물 간식 칸을 새로 만들 정도였고, 이 고양이들 때문에 불티나게 팔린다는 이야기도 들렸다. 나도 놀이터 근처를 지나가다가 고양이 한 마리가 빈 캔을 핥고 있는 걸 보고 안쓰러운 마음에 편의점에서 캔을 하나 사서 까 주고 온 적이 있었다. 회색 고양이였던 것이 기억나는데, 아마도 그건 우리 복남이였을 것이다.

아무튼 우리 고양이들은 분명 정상 체중이었는데, 복길이가 한 일주일 보이지 않더니 갑자기 통통해져서 나타났다. 원래도 식탐이 있는 편이지만 어디서 누구에게 뭘 얻어먹고 온 것인지 눈에 띄게 커져 있었고, 그 후로도 잘 먹였더니 겨울쯤 복길이는 훌륭한 뚱냥이가 되어 있었다. 원래 고양이들은 겨울이 되면 털이 불어나 몸집이 커진다고는 하지만 그걸 감안하더라도 급격한 체급 변화였다. 복길이를 착실히 살찌운 것은 물론 우리였다. 추운 날 밖에서 견디려면 밥이라도 많이 먹어야겠다는 생각으로 계속 밥을 주고 닭가슴살도 주고 간식 캔도 먹였으니 살이 찌지 않는 게 이상할 지경 아닌가. 다른 고양이들보다 복길이가 유독 많이 쪄서 복길이를 아는 동네 사람들은 복길이를 볼 때마다 한마디씩 꼭 했다. "어머, 너 왜 이렇게 살이 쪘어?" 작업실 앞에 앉아 있는 복길이는 매일 저런 말을 들었고, 작업실 안에 있는 내가 너무 찔렸다. 동네 캣맘분들이 입을 모아 다이어트를 시켜야 한다고 말했다.

막내는 원래 뱃살이 있는 편이라 임신한 고양이인 줄 알고 배를 한번 만져 보았다가 처음으로 크게 할퀴인 적이 있었다. 중성화 표식이 되어 있으니 그럴 리 없다는 걸 알면서도 저 배가 그냥 다 살이라는 게 믿기지 않아 슬쩍 손을 댔다가 피를 본 것이다. 그 이후로 막내의 살에 대해서는 크게 신경 쓰지 않았는데, 어느 날 위에서 내려다보니 고양이의 가운데가 불룩했다. 변비 때문인가 싶었지만 화장실을 다녀와도 똑같았다. 바닥에 옆으로 누우면 배가 산처럼 위로 솟았다. 내가 막내도 뚱냥이로 만들어 버린 것일까. 예전 사진과 비교해 보니 배가 원래보다 훨씬 부풀어 있었다. 약 1년 만에 고양이 둘을 커다랗게 살찌워 놓았다는 죄책감에 다이어트를 시키기로 했다. 나도 안 하는 다이어트를 아무것도 모르는 고양이들에게 시키자니 조금 미안했지만 건강하게 오래 살려면 어쩔 수 없다.

다이어트 사료는 고양이들 반응이 영 시원찮았다. 마지못해 먹는다는 느낌이 강했다. 어쨌든 길고양이인데 다이어트 사료를 먹인다는 게 미안하기도 했다. 그래서 인도어(indoor) 사료 정도로 타협을 보기로 했다. 기호도 높은 인도어 사료를 주문해서 두 번 만에 정착했고 제한급식을 시작했다. 오가며 먹을 수 있게 사료를 늘 채워 두었더니 고양이들이 돼지가 되었으므로 일정한 시간을 정해서 밥을 주기로 한 것이다. 적정 칼로리에 맞추어 하루 사료의 정량을 따져 보니 너무나 적어 보였다. 그동안 밥을 아주 많이 주고 있었다는 뜻도 되었다. 하루에 대여섯 번 접시에 깔릴 정도로만 사료를 주었다.

다들 이런 패턴에 의외로 금방 적응했는데 문제는 복길이였다. 아침에 출근하자마자 한 그릇을 주어도 부족한지 우렁차게 울어 대서 한 그릇을 더 주어도 삼십 분쯤 지나 다시 와서 애처롭게 울었다. 크게 울어서 귀가 아프면 차라리 참을 만했을까. 바이브레이션을 넣어서 가련하게도 울었다. 울어서 쳐다보면 눈을 가늘게 뜨고 불쌍하게 나를 바라보았다. 사료를 열 알 정도 건네주면 만족하는 듯하다가 삼십 분 뒤에 또 와서 울어 댔다. 집사들의 고막과 고양이의 건강을 맞바꾸는 과정 같았다.

다이어트는 아직도 진행 중이다. 고양이들은 몸집이 작아서 그런지 마음먹고 다이어트를 시키면 금세 체중이 줄어든다. 제한급식을 시작하고 두어 달 만에 막내의 뱃살이 많이 줄었고 복길이도 살이 꽤 빠졌다. 할머니가 손자들에게 말하듯이 "세상에 우리 고양이가 뼈밖에 안 남았네!" 하고 호들갑을 떨지만 사실 그렇게 많이 빠지지는 않았다. 그래도 몸놀림이 가벼워지고 부피도 꽤나 줄어들었으니 이대로 계속하면 건강한 고양이가 될 것이라 믿는다. 인도어 사료를 몸무게에 맞게 정량만 주고 있을 뿐인데 살이 쭉쭉 빠지다니, 그동안 얼마나 배 터지게 먹이고 있었던 것인가. 사실 고양이는 뚱냥이여도 귀엽지만 관절 건강과 여러 가지를 위해 위에서 내려다보았을 때 허리가 잘록한 상태를 유지하는 것이 좋다고 한다. 우리 고양이들 중에 허리가 잘록한 고양이는 없다. 열심히 하자.

취미는 고양이 수염 수집

고양이를 키우면 바닥에서 오만 것을 발견할 수 있다. 일단 가장 많은 것은 모래다. 화장실을 사용하고 나오면서 발을 후드득 터는데, 그럼 온 바닥이 모래투성이가 된다. 이것을 사막화라고 부른다. 사막화 방지 매트라는 것이 있기에 써 보았으나 어차피 바닥에 떨어진 모래는 쓸어야 하는데 매트에 떨어진 모래를 터는 일까지 추가되는 셈이라 그냥 관두었다. 모래는 빗자루로 쓸면 잘 쓸린다. 남아 있는 모래는 물걸레로 한 번 더 닦아 낸다. 여기까지 두 번에 나누어서 청소를 해도 어째선지 모래 가루와 털이 남아 있기 때문에 돌돌이까지 해 줘야 완벽한 청소가 된다. 하루에 두 번씩 하는 청소가 무려 3단계라니 정말 버거운 일이다. 하지만 한 번만 건너뛰어도 좁은 작업실이 먼지투성이가 되니 어쩔 수 없이 청소를 한다. 사흘에 한 번 빗자루질만 해도 깨끗해졌던 예전이 조금 그립지만, 그래도 너희를 사랑해 고양이들아.

청소 중에 가끔 발톱과 수염을 발견한다. 처음 발톱을 발견했을 때는 고양이 발톱이 빠진 줄 알고 무척 놀랐는데, 알고 보니 정상적인 탈피 현상이었다. 스크래처를 뜯으면서 탈락된 발톱의 껍질인 것이다. 간간이 발견되는 수염은 참 귀엽다. 두껍고 긴 털처럼 보이지만 주워 들면 아주 빳빳해서 고양이의 정수리에 푹 꽂아 주면 참말로 귀엽다. 떨어진 수염을 하나씩 주워서 모아 두었더니 이제는 거의 한 다발이 되었다. 다른 집사들은 수염을 모을 뿐 아니라 털을 빗어서 모은 것을 공처럼 만들어 두기도 하던데 나는 수염만 모은다. 털공을 만들어 보려고 했으나 동네 흙바닥에서 뒹굴고 다니는 고양이들의 털을 모아 봤자 더러운 털공일 뿐이라 버리기로 했다. 나중에 집에 데리고 가면 고양이들을 깨끗하게 씻기고서 털공을 만들어야지.

수염은 인센스 홀더에 모아 두었는데 퍽 어울리는 조합이다. 우리 고양이들은 전부 흰 수염을 가지고 있는데 가끔 검은 수염도 발견된다. 이건 종종 놀러 오는 콩이의 수염이다. 콩이의 수염도 곱게 모아 두었다. 고양이와의 관계에서 물질적으로 남는 건 핸드폰 속 수만 장의 사진과 내 팔의 상처밖에 없었는데, 그나마 수염이 무언가 수집하는 만족감을 준다. 언젠가 이 수염을 보며 지금을 그리워할 날이 올까.

퇴근하기는 어려워

이르면 밤 열두 시 반, 늦으면 새벽 두 시 정도에 작업실 문을 닫고 퇴근한다. 천천히 정리를 하다 보면 내내 자고 있던 막내가 부스스 일어나서 퇴근 준비를 하는 우리를 멍하니 바라본다. 처음에는 이 시간이 아주 지옥 같았다. 자기만 혼자 두고 간다는 사실을 알아채고 불안해하면서 급기야 바깥으로 뛰어나가는 일이 잦았기 때문이다. 막내를 작업실에 들인 이후로 꼭 지키는 것은 절대로 막내를 밖에서 재우지 않는다는 것이었다. 버림받았다는 느낌을 주고 싶지 않았기 때문이다. 도망간 막내를 다시 작업실로 데려와서 재우기 위해 매일 저녁 전쟁을 치러야 했다.

멀리 나가서 찾기 어려운 것은 아니었다. 막내는 항상 작업실 앞에 주차해 있는 차 밑에 들어가 앉아 있었다. 차 밑에 있는 고양이를 끄집어낼 수도 없고, 잠깐 나왔을 때 안아서 작업실 안으로 넣어 보려고 해도 고양이는 손아귀에서 스르륵 빠져나갈 수 있기 때문에 불가능한 일이었다. 장난감으로 유인하는 것을 몇 번 성공했지만 나중에는 절대 통하지 않았다. 매일 저녁 짧으면 삼십 분에서 한 시간 정도를 씨름했다. "막내야 돌아와 제발…"하고 사정해 보고, 불을 다 끄고 죽은 듯이 앉아 있어도 보고, 문을 열어 놓고 밖에 숨어서 지켜보기도 하고 별짓을 다 했다. 간식으로 유인해 보려 해도 예민할 때는 입에도 대지 않았다.

이 난관을 해결해 준 것이 바로 질켄과 북어다. 불안하고 경계심 많았던 막내가 질켄을 꾸준히 복용하면서 점점 차분해지고 작업실을 벗어나는 일이 줄었다. 그래도 작업실을 뛰쳐나갔을 때 구슬릴 수 있는 단 하나의 수단은 바로 북어트릿. 사람이 먹는 국을 끓일 때 쓴다는 동결건조 북어가 고양이용 북어트릿과 성분이 똑같다고 하여 500그램짜리 대용량을 구입하면서부터 숨통이 트이기 시작한 것이다. 이 북어가 도착해서 포장을 뜯는 순간부터 막내는 대흥분을 하기 시작했다. 지금까지 이렇게 좋아했던 간식은 없었다. 멀리서도 북어 통 흔드는 소리가 들리면 총알같이 달려온다.

매일 저녁, 퇴근할 준비를 마치고 북어 통을 꺼내면 막내는 북어의 시간이 온 것을 알고 미리 지정석에 올라가 골골대기 시작한다. 북어를 꺼내서 물에 적신 다음 잘게 찢어 주고, 막내가 북어를 먹는 사이에 문을 잠그고 나가면 되는 아주 평화로운 퇴근 시간이 찾아왔다. 북어가 있어서 얼마나 다행인지 모른다. 수분이 전혀 없는 간식이라 많이 먹으면 좋지 않다는 것을 알고 나서는 하루에 네다섯 개씩 주던 것을 멈추고 퇴근하기 전에 딱 한 조각씩만 주고 있다. 그렇게 매일매일 하나씩 먹은 지도 한참 지났는데, 질리지도 않는지 막내의 얼굴은 언제나 기대에 가득 차 있다. 가끔은 막 퇴근 준비를 할 때부터 북어 먹는 자리에서 기다리다가 지쳐서 야옹 울기도 한다. 말수 적은 막내의 목소리를 들을 수 있는 드문 기회.

이제는 퇴근하는 것도 수월하고, 퇴근 후에 홈캠을 켜 두고 선잠 자는 일에서도 졸업했다. 막내는 더 이상 불안해하지 않는다. 의젓하게 우리를 배웅해 주고는 혼자서 잘 잔다. 막내가 어른스러워지고 우리도 익숙해져서 다행이다. 모두 북어 덕분이다.

정남이 이야기

정남이는 복길이, 복남이, 막내를 데리고 다니는 대장 고양이였다. 어딜 가든 늘 앞장서서 걸었고, 다른 고양이들도 정남이를 많이 따랐다. 동네 고양이들은 대부분 TNR이 되어 그 표식으로 귀 끝이 잘려 있었는데, 정남이만 희한하게 귀가 온전했다. 중성화가 안 된 고양이가 동네에 드물었기에 설마 했지만 알고 보니 이 동네에서 중성화가 되지 않은 유일한 고양이였다. 작업실에 처음 발을 들인 것은 복남이였지만 작업실 앞까지 다른 고양이들을 몰고 온 것은 정남이였다. 막내와 복남이를 데리고 처음 작업실에 왔고, 그 후 복길이도 데리고 왔다. 작업실 깊은 안쪽까지 처음 들어온 것도, 금단의 구역이었던 책상 위를 가장 먼저 정복한 것도, 우리의 손길을 처음 허락해 준 것도, 우리의 무릎에 가장 먼저 올라온 것도 정남이였다. 정남이는 우리에게 첫 고양이였던 셈이다. 하루도 빼놓지 않고 매일매일 작업실 앞에서 우리를 기다렸다. 그랬던 정남이가 어느 날부터 조금씩 변하기 시작했다.

겨울이 지나갈 무렵, 다정하고 살가웠던 정남이가 조금씩 날카로워졌다. 지금 생각해 보면 중성화가 되지 않은 예민한 상태에서 영역 스트레스를 받았던 것이 아닐까 싶다. 호르몬 때문인지 얼굴이 점점 커지고 작업실에 있는 시간이 줄어들었다. 다른 고양이들과 싸우는 일도 잦았다.

전에는 장난으로 아옹다옹하는 수준이었는데 점점 진심으로 싸우는 것 같았고, 몸집이 작고 약한 막내는 정남이를 피해 다녀야 했다. 성묘 수컷 길고양이의 중성화 수술에 대해 동물병원과 상담을 해 보았지만 서열에서 밀려날 수 있으니 집에 들일 생각이 아니라면 시키지 않는 것이 좋다고 조언해 주셨다. 그래서 중성화 수술은 하지 않기로 결정했다. 만약 그때로 다시 돌아갈 수 있다면 중성화를 시킬 것이다. 중성화되지 않은 수컷 고양이는 영역을 떠나는 경우도 있다는 것을 그때는 몰랐다.

예민해진 정남이는 작업실에서 겉돌기 시작했다. 6개월간 매일 작업실에 드나들었던 정남이가 처음에는 하루, 다음에는 이틀, 그다음엔 사흘간 작업실에 오지 않았다. 작업실에서 다른 고양이들을 괴롭히는 걸 보고 몇 번 혼냈는데, 그 이후로 아주 조금씩 바깥에 있는 시간을 늘리는 것 같았다. 사흘간 오지 않았을 때는 온 동네를 돌아다니며 찾았다. 사람이 다니는 길과 고양이가 다니는 길은 달라서 주택 단지 안에서 고양이를 찾는 것은 불가능해 보였다. 유기동물 앱을 깔고 하루에도 수십 번씩 들어가서 확인해도 정남이는 보이지 않았고 작업실에도 오지 않았다. 날이 추웠지만 고양이가 들어올 수 있을 만큼 문을 계속 열어 두고 지냈다.

3박 4일 만에 정남이는 저녁 여덟 시쯤 스르륵 들어왔다. 막내를 작업실에 들인 지 얼마 되지 않은 3월 중순이었다. 배가 홀쭉하길래 창고방에 데리고 들어가 캔을 까 주었더니 평소에는 넷이 나눠 먹던 캔을 혼자 다 먹었다. 토닥토닥하며 이제 멀리 가지 말라고 당부했다. 정남이는 그 이후로도 자주 작업실을 비웠지만, 어쨌든 돌아온다는 확신이 생긴 터라 우리도 크게 걱정하지 않았다. 정남이는 늘 근처 공원의 풀숲에서 자고 있었고, 종종 작업실에 들어와 밥을 먹었고, 가끔 잠을 자고 나갔다. 그러다 오랜만에 방문한 정남이가 이상하게 작업실 안에 들어오지 않아서 문 앞에서 오랫동안 만져 주었다. 그러고는 그다음 날부터 정남이가 보이지 않았다. 늘 자고 있던 풀숲에도 복길이와 복남이만 있고 정남이는 없었다. 지난번처럼 어디 멀리 갔다 오겠지 하고 무심히 지나치고 보니 어느덧 시간이 꽤 흘렀다는 것을 깨달았다. 핸드폰 사진첩을 살펴보니 2주가 넘었다. 그때부터 정남이를 찾기 시작했다. 콩이 엄마에게 까미 보셨냐고 여쭈었더니**(콩이 엄마는 정남이를 까미라고 부른다)** 못 본 지 꽤 되었다고 하셨다. 산책길에 매일 풀숲을 살피고, 혹시라도 다쳐서 어디 누워 있을까 봐 공원 구석구석을 들여다보았다. 정남아, 하고 괜히 불러 보기도 했지만 정남이는 어디에도 없었다.

매일매일 정남이를 찾으러 다녔다. 콩이 엄마는 산이며 공원이며 나보다 더 열심히 정남이를 찾아다니는 것 같았다. 그러던 어느 날 작업실 문이 벌컥 열리며 들려온 "까미 찾았어요!"라는 말에 뛰어나가 보니 정말 정남이가 있었다. 작업실에 오지 않은 지 꼭 24일 만이었다. 공원 옆 습지까지 돌아다니는 것을 캔으로 꼬셔서 데려왔다고 하셨다. 정남이는 우리를 알아보지 못하고 뒷걸음질 치며 도망갔지만 그래도 정남이가 살아 있어서 다행이라며 웃음이 났다. 혹시나 현실이 될까 봐 무서워서 말은 못 했지만 어딘가 다쳐서 죽어 있을까 봐 무척 걱정했다. 정남이는 조금 마른 것 같았고, 눈곱을 양쪽에 주렁주렁 달고 있었다. 그래도 살아 있으니 다행이었다. 우리를 못 알아본 것은 하나도 서운하지 않았다.

정남이는 아무래도 영역을 옮긴 것 같다. 막내가 우리 작업실에 자리를 잡고, 정남이에게 피부병이 있는 것 같아서 자주 만져 주지 못했던 이후로 우리에게 정을 뗀 것이 아닐까 생각이 든다. 우리 작업실에 맨 처음 방문한 고양이이자 내가 처음으로 만져 본 고양이인 정남이. 날마다 주머니에 간식을 넣고 정남이가 옮겨 간 쪽으로 산책을 나간다.

장래희망은
화가

날이 좋을 땐 작업실 문을 활짝 열어 놓고 지내는 것을 좋아한다. 그럼 자연스럽게 바깥 소리가 흘러들어 오는데, 그중 하루에도 열다섯 번씩 들려오는 소리가 있다. "어! 고양이다!" 고양이들이 창밖을 구경하거나 햇볕을 받으며 자는 것을 좋아해 늘 창가에 상주하다 보니 밖에서 고양이를 본 사람들이 반가워하는 소리가 자주 들리는 것이다. 어느 날에는 엄마와 아이가 대화하는 소리가 들렸다.

"고양이다 고양이! 엄마, 여기는 뭐 하는 곳이야?"
"화가분이 그림 그리는 곳이래."

돌이켜 보면 나의 최초의 장래희망은 화가였다. 유치원 때부터 미술 시간을 좋아했고, 초등학교 1학년 때는 백과사전에서 본 마티스의 <빨간 방>을 모티브로 그림을 그려서 상도 받았다. 그때 받은 메달이 서랍 속 어딘가에 아직도 있을 것이다. 진짜 금도 무엇도 아닌 금색 메달이지만 쭈욱 소중하게 간직하고 있다. 그때는 옆자리 친구가 그림을 잘 그리면 그게 그렇게 부러웠다. 그림 잘 그리는 사람을 부러워하고 질투하는 버릇은 아직도 못 고쳤다. 화가라는 꿈은 초등학교 고학년 이후로 선생님이나 디자이너 같은 좀 더 구체적이고 현실적인 꿈으로 바뀌었다. 그 어린 나이에도 뭔가 알아챈 것이 아닐까. 그림으로는 벌어먹고 살기 힘들다는 것을.

그런데 어쩌다 보니 서른 중반쯤 나는 가끔 화가라 불리고 있었다. 내가 화가라니? 어릴 때 <화가>라는 동요를 종종 불렀는데, 그 노래의 가사에서처럼 왠지 화가는 턱수염이 나고 빵모자를 쓰고 있어야 할 것만 같았다. 나는 턱수염도 없고 빵모자도 쓰지 않지만 화가라 불리고 있다. 내가 상상했던 화가의 모습은 이렇게 추레하진 않았는데 말이다. 약간은 실망스러운 부분이다.

디자이너로 오랫동안 일하고 나서 그림을 시작했을 때는 나를 일러스트레이터로 부르는 것이 부끄러웠다. 어디 가서 스스로를 일러스트레이터라고 소개할 수 있을 것 같지가 않았다. 첫 책을 출간하고, 외주로 그림을 그리기 시작했을 무렵이 되어서야 명함에 일러스트레이터라고 넣었다. 내가 나를 일러스트레이터라고 부르기까지 꽤 오랜 시간이 걸렸다. 스스로 화가라고 부를 수 있기까지는 얼마가 걸릴까. 아직도 조금은 부끄럽고 망설여진다.

친구들에게 그림을 선물할 때 날짜와 이름을 적어 넣으면서 내가 죽으면 비싸게 팔아먹으라고 호기롭게 말하곤 했던 시절이 있다. 본격적으로 그림이 직업이 된 후로는 그림에 사인을 하지 않았다. 인쇄물 디자이너로 인쇄물에 들어갈 작은 그림을 그리던 것이 시작이었다. 의뢰인의 취향에 맞추어 그림을 그리고, 수정 요청을 받아 다시 그리는 일을 반복하다 보니 무의식적으로 그 그림의 주인은 내가 아니라 의뢰인이라고 생각하게 된 거였다. 지금도 여전히 그림에 사인을 하지 않는다. 언젠가는 내 그림에 멋지게 사인을 하고 스스로 화가라고 부르게 되는 날이 오기를 바란다.

천성이 게으르고 계획 없이 사는 내가 그림 그리는 프리랜서로 살 줄은 꿈에도 몰랐다. 겁 많고 변화를 싫어하는 타입이라 적당한 직장에서 평생 엉덩이를 뭉개고 살아갈 거라 생각했는데 하루하루가 역동적인 프리랜서의 인생을 살고 있다니. 다이어리에 매일 끄적거리는 말, "내 인생 어디로 흘러가는가?". 하루하루 역동적이라 했지만 사실 역동적인 것은 프리랜서의 수입뿐 나의 하루는 매일 비슷하게 흘러간다. 일곱 평짜리 작디작은 작업실에 앉아서 나는 그림을 그리며 글을 쓰고, 동생은 자수를 하고, 함께 고양이들을 돌보며 살아간다. 그러다 가끔은 화가라는 말을 듣기도 하는 걸 보면 장래희망이 어느 정도는 이루어진 것이 아닐까 생각하면서. 그렇게 하나씩 이루어 가는, 작고 행복한 삶을 살고 있다.

에헴

4

집사의
기쁨과 슬픔

정남이 두 번째 이야기

정남이는 정확히 오십 일 만에 다시 찾아왔다. 밤늦은 시간에 문 앞에서 야옹 소리가 들렸는데, 막내나 복남이는 목소리가 나오지 않고 복길이는 자주 울지 않기 때문에 정남이가 돌아왔다는 것을 바로 알아챌 수 있었다. 문턱을 올라오지 못하고 있길래 얼른 들어서 올려 주었더니 작업실로 쏙 들어왔다. 배가 홀쭉해서 얼른 캔 하나를 까 주었다. 정남이가 허겁지겁 먹는 동안 이곳저곳 살펴보았는데 상태가 아주 엉망이었다. 살이 많이 빠진 데다가 피부병이 심해졌는지 배와 앞다리 쪽에 털이 빠져서 피부가 보이는 부위가 꽤 넓었다. 싸우다 다친 상처도 있었다. 다시 돌아오면 중성화를 시켜야겠다고 생각했기에 다음 날 병원에 데려가기로 했다. 정남이는 캔 하나를 다 먹고 소파에서 잠시 쉬다가 갔다. 피부병은 고양이들은 물론 사람에게도 옮기 때문에 작업실 전체를 소독해야 했다.

정남이는 다음 날에도 저녁에 찾아왔다. 그 바람에 병원에는 데려가지 못했다. 그날도 캔과 사료를 아주 많이 먹고 쉬다가 갔다. 피부병이 있는 부분을 사진 찍어서 수의사 선생님에게 문자로 보내 상태를 여쭈어본 다음 약을 받아다 먹였다. 그렇게 며칠 동안 저녁에만 오더니 어느 날부터는 아침 열 시와 저녁 여덟 시, 하루 두 번씩 정확한 시간에 찾아왔다. 밥을 먹고 한참 쓰다듬는 손길을 받고 소파에 누워서 곤히 자다가 갔다. 캔에 약을 섞어서 꼬박꼬박 먹이고 열심히 쓰다듬어 주었다.

동네에 고양이를 잡아다 파는 사람이 있다는 소문이 돌아서 다른 고양이들에게도 모두 목걸이를 채워 주기로 했다. 정남이는 검은색+흰색 턱시도 고양이에다가 대장 고양이인 만큼 빨간색 체크무늬가 좋겠다고 생각했다. 정남이에게는 주문제작한 목걸이가 너무 딱 맞았다. 가장 길게 길이를 조절해서 목에 채웠더니 다행히 잘 맞았지만 목걸이를 하는 게 낯설었는지 뒷걸음질로 도망가 버렸다. 어딘가에 걸리면 자동으로 풀리는 안전버클이라 걱정할 필요는 없었다. 그 뒤로 사흘간 오지 않던 정남이는 우리가 슬슬 초조해하던 찰나에 돌아왔다. 목걸이는 없었다. 일주일 걸려서 받은 목걸이를 3일 만에 잃어버린 정남이. 어쨌거나 다치지 않아서 다행이었다.

한 달쯤 지나자 정남이의 피부병과 상처가 거의 나았고, 살도 좀 오르면서 안정이 되는 듯 보였다. 가끔씩 나는 의자를 뒤로 젖혀서 졸곤 하는데, 자다가 눈을 살짝 떠보니 정남이가 작업실 한가운데에 앉아서 문밖을 구경하고 있었다. 오월의 따스한 햇살이 드는 곳에 앉아 있는 정남이의 뒷모습이 좋았다. 정남이는 고개를 돌려서 나를 한 번 쳐다보더니 서랍 위에 앉아 있는 복길이와 눈을 마주쳤다. 정남이가 돌아와서 참 좋다, 라고 생각했다. 정남이는 그날 이후로 여태 돌아오지 않았다. 매일매일 산책길에서 정남이를 찾아보았지만 그 뒤로 한 번도 볼 수가 없었다. 그래도 두 번째 겪는 일이라 그런지 처음만큼 마음이 힘들진 않았다. 어디서 밥 잘 먹고 잘 지내다가 언젠가 다시 작업실에 오겠지 생각했다. 그리고 어느 날, 작업실 앞에 앉아 있는 복길이에게 인사를 건네는 분과 이야기를 나누다가 길고양이 급식소를 관리하신다기에 혹시나 싶어 정남이 사진을 보여 드렸는데, 오늘도 본 고양이라고 하셨다. 잘 먹고 잘 지내고 있다고 말해 주셨다.

정남이는 몸이 아프고 배고픈 상황에 처하자 우리 작업실 생각이 났던 걸까. 한 달 동안 밥을 얻어먹으며 피부병도 치료하고, 그렇게 몸 상태가 좋아지자 다시 오지 않는 정남이가 야속하기도 했지만 건강히 잘 있다는 소식을 들으니 안심이 되었다. 몸이 아플 때면 언제든 이곳으로 다시 돌아와 주었으면 좋겠다.

똥과 토

막내를 키우게 되면서 고양이 화장실을 장만하고부터 걱정이 생겼다. 고양이는 보통 큰 볼일을 하루에 한 번씩 본다는데 막내는 영 소식이 없었다. 짧게는 사흘에 한 번, 길게는 일주일에 한 번 정도 큰 볼일을 보는 것 같았다. 가끔 밖에 나가서 놀 때도 있으니 밖에서 한 번씩 볼일을 보고 들어올 것을 감안해도 길었다. 그래서 처음 병원에 갔을 때 액상 유산균을 사 왔다. 나도 귀찮아서 안 먹는 유산균을 고양이에게 챙겨 줘야 한다는 게 다소 어이없었는데, 나중에는 내가 먹는 것보다 더 철저히 챙기고 있다는 사실에 놀랐다.

유산균을 사료에 뿌리면 입도 대지 않기에 캔에 섞어 주니 잘 먹었다. 하지만 성분 좋은 주식 캔으로 바꾸면서 또다시 먹지 않았다. 간식에 섞어 주면 먹을 때도 있고 안 먹을 때도 있었다. 무수히 많은 간식과 유산균을 버렸다. 수차례의 시행착오 끝에 이제는 무난하게 먹이는 방법을 찾았다. 그러나 아직도 막내는 3~4일에 한 번씩 큰일을 본다. 수의사 선생님 말씀으로는 적게 먹어서 그럴 수 있다지만, 그래도 하루에 한 번이 정상이라는데… 정상치까지는 아니더라도 이틀에 한 번 정도는 화장실에 갔으면. 요즘은 신생아가 먹는 유산균을 시도해 보고 있다.

막내는 또 자주 토한다. 처음 토하는 모습을 봤을 땐 심장이 벌렁거릴 만큼 놀랐다. 목소리도 나오지 않는 녀석이 구역질하는 소리는 꽤나 크게 났다. 쪼끄만 몸을 꿀렁꿀렁하면서 꾸에엑 토하는 모습이 정말로 무시무시했다. 큰 병에 걸린 것이 분명하다 생각하며 병원에 갔는데, 의사 선생님이 헤어볼 때문인 것 같다고 하셨다. 그루밍을 자주 하는데 털이 긴 편이라 뭉친 털이 목에 걸리는 거였다. 곧바로 헤어볼 사료를 주문했다. 처음에는 잘 먹는 듯싶었으나 날이 갈수록 깨작대기 시작했다. 막내의 헤어볼 사료는 복길이와 복남이가 틈틈이 훔쳐 먹었고, 막내는 복길이와 복남이의 일반 사료를 훔쳐 먹었다. 헤어볼 사료가 그렇게 실패로 끝나고, 다음으로는 헤어볼을 없애 준다는 짜 먹는 간식에 도전해 보았다. 이건 꽤 오랫동안 잘 먹었다. 맛이 진해서 그런지 유산균이나 약을 섞어 주기에도 좋았다. 그러나 이틀에 한 번씩 꾸준히 먹였더니 어느 순간 질렸는지 입에 대지 않고, 간식을 먹이는 중에도 간간이 토했다. 주로 밥을 먹자마자 곧 토를 했기 때문에 방금 먹은 사료가 고대로 나왔다. 동물병원에 다시 물어보고 위장 장애에 좋은 사료를 구입했다. 알갱이가 작아서 잘 씹지 않아도 소화가 잘되는 것 같았다. 이것 또한 복길이와 복남이가 훔쳐 먹었지만 그래도 이 사료를 한참 동안 먹이고 나니 요즘은 토하는 횟수가 많이 줄었다.

검색하다 알게 된 사실인데 고양이는 원래 자주 토한다고 한다. 놀다가 토하고 기분이 나빠도 토하고 배고플 때 먹어도 토하고. 막내는 주로 사료를 급하게 먹었거나 작업실에 낯선 사람이 있을 때, 혹은 사이가 좋지 않은 복길이와 있을 때 경계하는 자세를 취하다가 토하곤 했다. 항상 사료가 조금도 소화되지 않은 채 그대로 나왔다. 그래서 가끔은 사료를 손 위에 한 알씩 올려서 먹이곤 한다. 정말 귀찮은 일이지만 고양이의 따뜻하고 축축하고 까슬한 혀가 손바닥에 닿는 느낌이 재미있다. 작업실에는 낯선 사람이 최대한 오지 않도록 하고 있다. 이제는 막내가 거의 작업실의 주인이 된 것 같다. (**실제로 그렇다.**)

'똥과 토'라는 적나라한 이름의 게시판을 벽에 붙였다. 막내가 똥을 싼 날을 표시하고, 토를 한 날을 적었다. 똥 싼 날은 늘어나고 토한 날은 줄어들기를 바라고 있다. 우리 고양이가 잘 싸고 잘 먹었으면 좋겠는 집사의 작은 바람.

고양이의 보은

의기양양

쥐
(살아있음)

꽉

밖에서 놀다 온 복길이가 문간에서 얼굴만 뾰족 내밀었다. 입에 뭔가를 물고 있었다. 축 늘어진 무언가가 덜렁거렸다. 입구에 가까이 앉아 있던 내가 먼저 복길이를 발견하고 눈을 찡그려 자세히 본 순간 비명을 질렀다. 동네가 울릴 만큼 크게 소리 질러 본 것은 실로 오랜만이었다. 복길이의 입에 물려 있던 것은 죽은 쥐였다.

내가 소리를 지르자 복길이는 쥐를 문 채 왔던 길로 다시 돌아갔다. 가슴을 쓸어내렸다. 길고양이가 이런 식으로 보은을 하는 경우가 있다고는 들었는데, 그럴 땐 싫어하는 티를 내지 않고 고맙다고 해야 한다고 했다. 그렇게 할 수 있을지는 모르겠지만 일단 알아 두면 좋겠지, 라고 안일하게 생각했었는데 막상 그 상황이 닥치니 어떤 것도 생각할 겨를 없이 비명이 튀어나왔다. 미안한 마음에 쥐를 버리고 돌아온 복길이를 뒷방으로 데려가 츄르를 주었다. 츄르 하나도 고양이들에게 늘 나누어 먹였기 때문에 혼자 한 봉지를 다 먹은 것은 처음이었을 것이다. 고맙다고 여러 번 쓰다듬어 주었다.

그다음은 막내였다. 그로부터 한참이 지난 어느 날, 밖에 놀러 나갔던 막내가 열려 있는 문 사이로 쪼르륵 들어왔다. 왔어? 하고 아무 생각 없이 말하는 나를 막내가 쳐다보았는데 입에 무언가가 물려 있었다. 등골에 서늘한 감각이 쭉 올라왔다. 나와 눈이 마주치자 막내는 물고 있던 무언가를 툭 떨어뜨렸고, 바닥에 떨어진 그것이 움직였다. 막내는 사냥 레벨이 낮아서 쥐를 죽이지 못하고 산 채로 잡아온 것이었다. 그 쥐가 살아 움직이며 작업실을 헤매기 시작했다. 나는 지난번과 비슷한 데시벨로 비명을 지르며 의자 위로 뛰어 올라갔고 그나마 침착한 동생이 빗자루를 가져와서 쥐를 내몰았다. 자고 있던 다른 고양이들도 내 비명 소리에 놀라 펄쩍 뛰며 일어났다. 작업실은 난장판이 되었다. 쥐는 생각보다 빨리 작업실을 떠났다. 문을 닫고 잠시 넋을 잃은 채 멍하니 의자에 앉아 있었다. 정신을 추스른 다음 막내에게 고맙다 말하며 열심히 쓰다듬어 주었다. 막내에게도 츄르 한 봉지의 포상이 주어졌다.

생각해 보면 이 작은 고양이들이 우리에게 주겠다고 의기양양해서 선물을 물고 온 것이 참으로 기특한 일이다. 한 뼘도 안 되는 조그마한 머리를 굴려 은혜를 갚겠다는 생각을 했다니 정말 귀엽기 짝이 없다. 죽은 쥐는 물론이고 살아 있는 쥐도 전혀 귀엽지 않다는 것이 문제지만.

복남이 병원 방문기

복남이는 호흡기가 좋지 않아서 자주 사레가 들렸다. 자다가 갑자기 일어나 혼자 컥컥거려서 쳐다보면 헐떡헐떡 기침을 하다가 1~2분 정도면 그쳤다. 두어 달에 한 번쯤 있는 일이었다. 여러 가지 키워드로 검색해 보니 천식과 비슷한 증상이었다. 아주 빈번한 일은 아니라 그냥 두었는데, 어느 날 물을 마시고는 또 사레들린 것처럼 기침을 하더니 그다음 날부터 밥 먹을 때 구역질을 했다. 처음엔 짧게 끝났지만 증상이 점점 심해졌고, 일주일 정도 계속되자 병원에 가기로 했다. 먼저 기침하는 모습을 찍어서 동물병원에 보냈다. 여러 가지 가능성이 있지만 영상만으로 판단하기 어려우니 병원에 데려오라고 하셨다. 손을 타지 않아서 데려가기 어려울 것 같다고 하자 먹이는 안정제를 권했다.

병원에 가서 안정제를 받아 온 며칠 뒤 주식 캔에 안정제를 섞어서 주었다. 뭔가 눈치챈 걸까. 평소에 잘 먹던 캔인데도 영 먹지 않았다. 그렇다고 더 이상 진료를 미룰 순 없었다. 오늘은 병원에 꼭 데려가야겠다고 마음먹고 어떻게든 잡아서 가기로 했다. 문을 닫고 담요를 이용해 동생과 둘이서 복남이를 포획했다. 담요로 돌돌 감아 주면 안정을 느낀다던데 그런 걸로 안정을 느낄 복남이가 아니었다. 담요 속에서 몸부림치는 복남이를 둘둘 말아서 그대로 이동장 가방

안에 넣어 버렸다. 무겁기도 무겁고 힘은 또 어찌나 센지 출발 전부터 힘이 들어 씩씩댔으나 뭔가 해낸 것처럼 기분이 좋았다.

병원에 가는 동안 자포자기했는지 의외로 복남이는 많이 울지 않았다. 도착해서 가방 문만 빼꼼 열고 진료를 받을 때도 겁은 잔뜩 집어먹었지만 얌전했다. 이것저것 진료를 보고 피 검사를 할지 말지 정해야 했다. 피 검사를 받으려면 담요로 돌돌 감아서 팔만 내놓은 채로 주사를 찔러야 한다고 했다. 어렵게 잡아서 데려온 만큼 피 검사도 꼭 하고 싶었다. 그렇게 가방에서 꺼내려고 하는 순간, 버티고 버티던 복남이가 수의사 선생님의 손을 콱 물고 진료대를 넘어서 책상 위의 온갖 기구들 위를 우당탕 건너 구석으로 도망갔다. 선생님이 잡으려고 하자 재빨리 바닥으로 도망가더니 카운터를 타고 우당탕 올라갔다. 그러고는 사료 진열대를 넘어 출입구 쪽으로 돌진했다. 이 과정에서 동생의 가슴팍을 밟고 머리를 뛰어넘었으며, 온갖 물건이 바닥에 떨어져 흩어졌다. 출입구 쪽에는 에어컨과 유리로 된 격리장이 내 키보다 높게 있었는데, 복남이는 그 뒤로 비집고 들어갔다. 격리장을 앞으로 끌어내면 에어컨 뒤로 들어갔고, 에어컨을 앞으로 꺼내면 격리장 뒤로 들어갔다. 도저히 잡을 수가 없었다. 미칠 노

룻이었다.

수의사 선생님은 고양이가 동생과 나 중에서 어떤 보호자와 더 친한지 물었고, 우린 둘 다 복남이와 친하지 않아서 대답할 수가 없었다. 그나마 덩치가 더 큰 내가 잡기로 했다. 두꺼운 보호장갑을 끼고 잡으려 하자 복남이는 에어컨 뒤에 있는 배관을 타고 에어컨 위까지 올라갔다. 의자를 밟고 올라가 잡으려고 하면 다시 배관을 타고 더 높이 올라갔다. 절망적인 상황이 계속되자 최후의 방법밖에는 생각나지 않았다. 우리는 마취를 해 주실 수 있는지 여쭀다. 곧 주사를 가져오신 선생님이 배관에 손톱을 박고 천장에 거의 붙어 있는 복남이의 궁둥이에 몰래 주사를 놓았다. 3분도 채 되지 않아서 힘이 슬슬 빠지는 것 같더니 복남이는 궁둥이 아래쪽에 대기하고 있던 이동장 안으로 주르륵 굴러떨어졌다. 가방을 탈출해서 포획하기까지 몇 분이나 걸렸는지 기억나지 않을 정도로 전쟁 같은 시간이었다. 가습기가 넘어진 바닥은 물바다가 되어 있었고, 판매하는 제품들은 모두 바닥에 떨어져 있었다. 의사 선생님 손에 복남이의 이빨 자국이 선명했다. 그야말로 난장판이었다.

어질러진 주변을 치우려고 하자 선생님이 괜찮다

며 만류하셨다. 10년에 한두 번 있을까 말까 한 일이라고 했다. 그러니 순화되지 않은 길고양이를 데려올 때는 안정제를 꼭 먹여야 하고, 안정제를 먹지 않은 상태에서는 데려오지 않는 것이 맞다고 하셨다. 억지로 잡아 온 내가 죄인이었다. 이왕 마취까지 한 김에 이것저것 접종도 하고, 아픈 곳도 치료하고, 귀청소도 하고, 여유롭게 피 검사도 했다. 나는 계속 죄송하다고 말하며 부서진 것이 있다면 꼭 변상하겠다고 했다. 의사 선생님은 다 괜찮다고 하셨다.

작업실로 돌아와 전기방석에 불을 켜고 이불을 겹겹이 포갠 다음 복남이를 눕혔다. 복남이는 오후 늦게서야 일어났다. 마취가 깨면 다시 우리를 무서워하며 푸다닥 도망가지 않을까 걱정했는데, 거의 기억하지 못하고 평소와 비슷할 거라던 선생님 말씀대로 정말 평소와 비슷한 모습이었다. 여느 때처럼 밖으로 나가고 싶어 했다. 마취가 덜 풀려 제대로 걷지 못하기에 몇 시간 가둬 두었다가 어느 정도 힘이 돌아오는 것을 보고서 문을 열어 주었다. 그래도 다리를 제대로 가누지 못하길래 놀이터 쪽으로 길 건너는 것을 도와주었다. 놀이터에 도착한 복남이는 풀숲으로 들어가더니 계속 같은 자리에만 있었다. 맘 편히 쉬도록 두고 몇 시간 후에 가 보았더니 여전히 그대로 있었다. 하지만 얼마 지나서 다시 갔을 때는 그곳에 없었다. 눈에 보이지 않으니 또 걱정되기 시작했다. 마취 후에는 체온이 낮아진다고 했는데 밤사이 얼어 죽는 건 아닐지, 놀이터 밖으로 나갔다가 차에 치인 건 아닐지, 온갖 생각에 미칠 것 같았다. 그날 밤 퇴근하기 전까지 새벽에도 계속 찾아다녔지만 복남이는 보이지 않았다. 하루가 너무 길었다.

다음 날에도 복길이만 혼자 와서 밥을 먹었다. 복남이 어디 갔어, 하고 복길이에게 물어도 복길이는 밥만 냠냠 먹었다. 산더미 같은 걱정을 안고 볼일이 있어 나갔다가 작업실로 돌아오는 길, 놀이터 풀숲의 낙엽 속에서 복남이가 복길이의 궁둥이를 베고 잠들어 있는 것을 발견했다. 햇볕이 따뜻하게 들고 낙엽은 폭신한 것이 놀이터 최고의 명당이었다. 가까이 다가가면서도 어제 일을 기억하고 도망가면 어쩌나 조마조마했지만 괜한 걱정이었다. 복남이는 평소처럼 그렇게 좋아하지도 그렇게 싫어하지도 않았다. 뻘쭘해져서 복남이의 엉덩이만 한번 쿡 찔러 보았다.

그날 이후로 기침 증상이 없어졌다. 늘 그렇듯 밥도 잘 먹었다. 그날 맞은 여러 가지 주사들 중 하나가 잘 들었던 모양이다. 피 검사 결과도 이상 없이 아주 좋다고 했다.

검사 결과가 좋지 않으면 병원에 또 어떻게 데려가야 하나 걱정했는데 정말 다행이었다. 그렇게 김복남의 우당탕탕 병원 방문기는 우리 자매에게 영구적인 정신적 상처를 남긴 채 끝이 났다.

무엇이 중요한지 알고 있다

고양이는 나의 책상 위에서 가장 중요한 것이 무엇인지 늘 알고 있다. 이것은 우연이 아니다. 무엇이 중요한지 정확히 알고 언제나 그 위에 앉는다. 그것이 고양이의 본능이자 습성이라 믿는다.

책상 위에 올라오면 언제나 그림 위에 앉는다. 드넓은 책상 위 쓸모없는 것들을 포함해 여러 물건이 놓여 있지만 고양이는 반드시 가장 중요하고 발자국이 남아서는 안 되는 그림 위에 앉는 것이다. 그것도 지금 그리고 있는 바로 그 부분, 지금 채색을 해야 하는 바로 그 위에 발을 올리고 앉는 것이 과연 우연일까. 그림을 완성한 후 스캔을 해 보면 물감에 털이 섞여 있는 경우는 아주 흔하고 가끔 종이에 발자국이나 발톱 자국이 남아 있는 경우도 있다.

복길이는 그림 외에도 서류 위에 앉는 것을 좋아한다. 중요한 계약서 위에 앉아 발자국을 남기곤 해서 새로 출력해야 했던 것이 여러 번이다. 종이 몇 장일 뿐이라 따뜻하거나 폭신하지도 않을 텐데 어째서 꼭 종이 위에 앉고 싶어 하는지 모를 일이다. 책상 위에는 이면지나 빈 종이도 있지만, 그중에서도 가장 중요한 서류 위에 앉아야만 하는 사명을 가진 듯 기필코 그 위에 앉는다.

막내가 좋아하는 것은 노트북이다. 노트북을 잠시 침대 위에 올려놓으면, 여러 가지 물건이 있고 심지어 전기방석을 깔아 두어 따뜻한 본인의 잠자리가 있음에도 불구하고 침대 위의 물건 중 가장 비싼 노트북 위에 앉는다. 노트북을 무릎 위에 올려놓고 업무를 보려고 하면 그 위로 올라온다. 작업실 고양이가 된 이후로 단 한 번도 내 무릎 위로 올라오지 않았던 막내인데, 처음 무릎 위로 올라온 것이 노트북 때문이었다. 자존심 상하지만 조금 기분이 좋았다. 말랑한 막내가 나의 무릎냥이가 되어 준다면 얼마나 좋을까 종종 생각했는데 꿈을 이룬 것 같았다. 막내가 엉덩이로 노트북 비행기 모드를 누르기 전까지는 말이다.

이 모든 것이 고양이의 타고난 관종 유전자 때문이라고 생각한다. 인간이 무언가에 집중해서 한곳을 뚫어져라 보고 있으면 그 관심을 자신에게 돌리고 싶어 하는 것. 그래서 그림을 그리고 있으면 사람과 그림 사이에 앉는 것이고, 컴퓨터를 하고 있으면 모니터와 사람 사이에 놓인 키보드 위에 앉아야 하는 것이다. 책상 위를 지나갈 때에도 분명 다른 길이 있지만 반드시 모니터와 사람 사이로 지나가며 꼬리로 인간의 얼굴을 쓸어야 하는 것이 고양이의 지독한 습성이다. 이 작은 관심종자와 함께 살아가기 위해 호통도 치고

밀쳐도 봤지만 소용없었다. 그저 모든 것을 이해하고 받아들이는 수밖에 없다. 그림 위에 앉으면 그림 그리는 것을 멈추고, 키보드 위에 앉으면 잠시 작업을 멈춘 후 고양이를 만진다. 작업 속도는 느려지겠지만 어쩔 수 없다. 나에게는 무엇보다도 고양이가 중요하니까.

김복남 가출 소동

작년 1월 초, 눈이 많이 내리는 날이었다. 아침에 출근하면 늘 복남이와 복길이가 작업실 앞에서 기다리고 있는데 그날은 복길이 혼자 있었다. 가끔 하루 정도 오지 않는 날도 있었기에 크게 신경 쓰지 않았다. 그런데 그날 저녁 갑자기 눈이 내렸다. 펑펑 내린 함박눈이 10센티 이상 쌓여 발이 푹푹 빠질 지경이었다. 그러고 보니 전날에도 복남이가 저녁 일찍부터 나가서 돌아오지 않아 퇴근 전 마지막 밥을 먹이지 못한 것이 생각났다. 걱정이 되어 눈을 맞으며 동네를 뒤지고 다녔지만 복남이는 없었고, 곧 한파가 시작되었다. 한파도 보통 한파가 아니어서 영하 15도 이하로 기온이 떨어졌다. 전날 내린 눈이 몽땅 꽝꽝 얼어붙었다. 코가 떨어질 것처럼 말도 못하게 추웠지만 그다음 날에도 복남이는 오지 않았다.

다행히 눈은 그쳤어도 날이 매섭게 추웠고, 눈이 녹지 않아서 숨을 곳도 없을 것 같았다. 근처 공원의 밥자리가 없어져서 밥도 못 먹었을 거였다. 영역이 꽤 넓어서 이곳저곳 돌아다니던 복길이와 달리 복남이는 영역도 무척 좁았다. 수컷이지만 일찍 중성화가 된 것인지 영역이나 서열에 대한 욕심이 없고 극도로 소심한 고양이인데 가출이라니, 믿을 수가 없었다. 일이 손에 잡히질 않아서 틈만 나면 동네를 뒤지고 다녔다. 골목골목 열심히 찾으며 차 밑까지 확인하고 다녔으나 복남이는 코빼기도 보이지 않았다. 정남이처럼 영영 돌아오지 않을 수도 있다는 생각이 들자 점점 더 불안해졌다. 어쩌지도 못하고 다리만 달달 떨고 있었더니 동생이 좀 차분하게 기다려 보라며 욕을 했다. (**언니답지 못해서 미안하다 동생아.**)

복남이가 없어진 지 셋째 날. 그날도 정말로 추웠다. 고양이는 그리 쉽게 죽지 않는다는 것을 알지만 밥도 먹지 못한 채 이 추위를 견디기는 힘들 것이다. 아침 일찍 출근해서 복길이를 옆구리에 끼고 가만히 물어봤다. "복길아, 복남이 어디 갔어?" 알 수 없는 표정의 복길이. 고양이들 사진을 올리는 SNS 계정에 복남이의 가출 소식을 알리고 오늘은 좀 더 멀리 찾으러 나가 보겠다고 썼다. 평소 복남이의 영역보다 더 멀리, 정남이의 새 영역까지도 가 보고 혹시 모르니 풀숲을 다 뒤지고 다녀 볼 생각이었다. 소식을 올리고 얼마 지나지 않았을 무렵 누군가 작업실 문을 지그시 누르는 소리가 났다. 밖에 있던 고양이들이 들어오고 싶을 때 문을 누르곤 해서 잠깐 나갔던 복길이가 왔나 생각하는 순간 끼이익 하는 울음소리가 들렸다. 이 동네에서 그렇게 우는 고양이는 복남이뿐이다. 얼른 뛰어가서 문을 열었더니 복남이가 와 있었다. 배가 홀쭉한 것만 빼면 아무 이상 없어 보였다.

캔을 까서 혼자 다 먹게 주었더니 허겁지겁 해치우고는 사료 한 그릇을 더 먹고 물도 많이 마셨다. 3일을 꽉 채운 가출이었다.

그 이후로도 하루 정도 오지 않는 날이 있었고 밖에서 보내는 시간이 길어졌다. 우리 고양이들은 사실 어딘가 다른 거처가 있는 것이 아닐까? 갑자기 길을 잃었던 것일까? 모두 추측일 뿐 진실은 알 수 없다. 물어봐도 대답 없는 김복남. 얼마 지나지 않아 복남이는 또 사흘이 다 되어 가도록 오지 않았다. 3일째가 되면서 나는 또 다리를 떨기 시작했다. SNS에 다시 글을 올렸다. 정남이처럼 복남이도 이러다가 아주 오지 않을까 봐 걱정이 된다고 썼다. 그리고 지난번처럼 글을 쓴 지 몇 시간 만에 복남이가 나타났다. 아무래도 복남이가 내 SNS를 팔로우하고 있는 것 같다.

그 후로는 하루도 빼먹지 않고 꼬박꼬박 출석하고 있는 김복남 씨. 정남이를 사랑하는 복남이는 혹시 정남이가 보고 싶어 나갔던 것이 아닐까. 정남이를 찾으러 멀리까지 갔다가 길을 잃고 돌아오는 데 오래 걸렸던 것은 아닐까. 말도 안 되는 소리 같지만, 이 소심한 고양이가 며칠 동안 가출할 일은 그것밖에 없다고 본다. 복남아, 정남이 만나서 안부 물어 보았니? 누나들은 잘 있다고 전해 줘.

막내의 건강검진

다가올
운명을
모르고
이동장에
들어감

막내는 처음 들였을 때부터 건강검진을 꼭 받게 하고 싶었다. 말 못 하는 동물인 데다가 고양이는 아픈 것을 숨기는 버릇이 있기 때문에 특별히 아프지 않더라도 주기적으로 건강검진을 해 주는 것이 좋다고 했다. 막내는 특히 몸이 작고 아픈 곳도 많아 걱정이었다. 1~2년에 한 번씩 받아야 한다고 하니 기억하기 쉬운 날짜로 정하는 것이 좋겠다고 생각했다. 막내가 3월에 작업실에 들어앉았으니 시기적으로 가까운 4월의 동생 생일에 맞춰 볼까 했는데 어쩌다 흐지부지 지나갔고, 9월에 있는 내 생일에 맞춰 볼까 했지만 바쁘단 핑계로 또 그냥 지나가 버렸다. 그렇게 겨울이 오고, 정신없이 연말을 보내고 새해를 맞으니 또다시 건강검진에 대한 열망이 불타올라 결국 아무 날도 아닌 1월 말에 건강검진을 하게 되었다.

막내는 겁이 많기 때문에 긴장되었다. 복남이 사건 때와 같은 실수를 반복할 수는 없기에 건강검진 하루 전에 미리 병원에 들러 안정제를 처방받아 왔다. 그런데 안정제를 어떻게 먹여야 하나. 캡슐을 열어서 간식에 가루약을 섞어 먹이는 방법을 병원에 문의했더니 약이 매우 쓴 편이라 그렇게 해서는 먹지 않을 거라고, 캡슐 상태로 먹여야 한다고 하셨다. 막내는 알약을 단 한 번도 먹어 본 적 없었고, 나도 고양이에게 알약을 먹여 본 적이 없었다. 유튜브에서 고양이에게 알약 먹이는 영상을 다섯 개쯤 찾아본 뒤 만반의 준비를 하고 막내를 불렀다. 짜 먹는 간식을 부스럭거리니 쪼르르 달려오는 막내의 입을 벌려 알약을 깊숙이 집어넣고 입을 꽉 닫았다. 그러나 손아귀에서 호로록 빠져나가서는 되새김질 몇 번에 알약을 퉤하고 뱉어 내는 것이 아닌가. 한 번의 실패가 적립되었다. 다시 한번 마음을 가다듬고 입을 벌려 알약을 깊이 쑤셔 넣고 입을 닫고는 코에 바람을 후 불어 넣었더니 얼렁뚱땅 삼킨 것 같았다. 약이 확실히 넘어가도록 짜 먹는 간식을 주었다. 생각보다 어렵지 않았다. 알약도 먹일 수 있는 프로 집사가 된 기분이었다.

한 시간 정도 지나면 약효가 나타난다고 해서 지켜보기로 했다. 막내는 평소와 다를 것이 없어 보였다. 그런데 한 시간이 채 되지 않았을 무렵 작업실을 이리저리 돌아다니던 막내가 이동장 안으로 들어가서 앉는 것이 아닌가. 이때다 싶어 얼른 가방을 닫으려고 했더니 다시 호로록 빠져나왔다. 나는 북어트릿을 이동장 안에 던져 넣었고, 막내는 알아서 뛰어 들어갔다. 궁둥이를 스윽 밀어 넣고 지퍼를 닫았다. 지난여름 마지막으로 병원에 갔을 때 엎치락뒤치락하다가 발톱에 할퀴여 피가 철철 났던 것에 비하면 놀랍도록 평화로운 성공이었다. 알약 먹이는 것도 성공, 이동장에 넣는

것도 성공. 성취감에 도취되어 신나는 발걸음으로 동물병원
에 갔다.

안정제를 받으러 가는 길에 차가 잘 다니지 않는
조용한 지름길을 미리 봐 두었다. 딱 15분을 걸어 동물병원
에 도착했다. 긴장했는지 그새 어깨가 딱딱하게 굳은 나와
달리 막내는 울지도 않고 가만히 있었다. 의사 선생님과 검
사 항목을 상담했다. 할 수 있는 거의 모든 항목을 검사하기
로 했다. 항목을 하나씩 추가할 때마다 금액이 쭉쭉 올라가
는 것이 컴퓨터 모니터로 보였다. 한 시간에서 한 시간 반 정
도 걸린다고 해서 막내를 맡겨 두고 병원을 나섰다. 작업실
이 아닌 곳에 막내를 두고 돌아서는 건 처음이라 발걸음이
떨어지지 않았다. 작업실에서 한 시간 동안 다리를 달달 떨
다가 시간이 되자마자 병원으로 달려갔다. 막내는 안에서 쉬
고 있었다. 의사 선생님이 막내는 아픈 데 없이 백 점이라고
하셨다. 이것저것 상세한 설명을 들은 후 병원비를 결제하고
막내와 함께 홀가분하게 병원을 나섰다. 처음 건강검진을 하
겠다고 마음먹었을 때는 아픈 데가 하나도 없다고 하면 돈
이 좀 아까울 것 같다고도(?) 생각했는데 전혀 그렇지 않았
다. 칠십만 원 가까운 돈을 결제하고 나왔지만 뿌듯한 마음
뿐이었다. 우리 고양이가 건강 고양이라니! 세상 사람들, 여

기 이 건강한 고양이 좀 보세요! 제 고양이입니다!

검진 도중에 막내가 겁을 많이 먹어서 안정제를 한 번 더 놓았다고 했다. 작업실에 도착해 이동장 밖으로 나온 막내는 약간 어리둥절해 보였다. 복남이가 와서 막내의 냄새를 킁킁 맡았다. 밖으로 나가고 싶어 할 거라 생각한 것과 다르게 그냥 가만히 앉아 있었다. 괜찮은가 싶어서 자세히 살펴보니 몸이 약간 기울어 있고 자꾸만 미세하게 흔들거렸다. 멍하니 앉아 있다가 어설프게 스크래처에 기대어 누웠는데 눈빛에 초점이 없었다. 날 보는 건가. 자세히 보니 텅 빈 눈이 허공을 보고 있었다. 거의 눈을 뜬 채로 곧 잠이 들었다. 이리저리 검색해 보았더니 몇 시간 동안은 멍한 것이 정상이라고 해서 안심했다. 그날 밤에는 안정제 덕분인지 푹 자는 것 같았다.

검사 항목 중 딱 하나, 외부로 의뢰해 결과를 받아 보는 것이 있었다. 일주일 후 전화로 검사 결과를 들었다. 신장 수치가 다소 좋지 않다고 했다. 14가 정상인데 20이 나왔다는 것이다. 치료할 단계는 아니어서 유산균과 오메가3를 먹여 보고 한 달 후에 다시 검사를 하기로 했다. 전화를 끊고 조금 슬펐다. 신장 검사는 할까 말까 고민했던 항목인데, 하길 정말 잘했다고 생각했다. 심하지 않으니 관리하면 괜찮아 질 것이다. 막내가 좋아해서 잔뜩 사 두었던 간식부터 모두 끊기로 했다. 새로 주문한 북어트릿이 도착한 지 하루 만의 일이었다. 막내는 별생각 없어 보였지만 내가 너무 고통스러웠다. 막내에게 간식 주는 것을 막내보다 내가 더 좋아했던 모양이다. 좋아하는 간식을 먹는 막내를 보는 게 나의 행복이었다. 어떻게든 방법을 찾아보려던 나는 신부전을 앓는 고양이도 먹을 수 있다는 짜 먹는 간식을 동물병원에서 사 왔다. 원칙주의자인 동생은 조금의 간식도 안 된다며 나를 혼냈지만 겨우 허락을 받아서 이것만 먹이기로 했다. 간식 먹는 막내를 보며 막내보다 내가 조금 더 행복했던 것 같다.

한 달 뒤에는 좋은 결과가 나와서 다시 간식을 먹일 수 있게 되었다. 신장 수치는 주기적으로, 전체 건강검진은 1년이나 2년에 한 번씩, 매년 1월에 받기로 했다. 오래오래 건강히 함께하고 싶다. 병원에서 막내를 데리고 나오는 길에 막내에게 말했다. 이렇게 삼십 년만 같이 살자고.

작업실 일지
나의
커다란 꿈

나의 작은 꿈, 이라고 썼다가 지우고 커다란 꿈으로 고쳐 적었다. 나는 이루어지기 힘든 큰 꿈을 설계하는 것을 좋아한다. 꼭 이루어지지 않더라도 꿈을 설계하는 그 자체로 즐겁고, 혹시라도 이루어진다면 훨씬 더 행복해질 만큼의 커다란 꿈을 꾼다. 그 꿈은 고양이들과 다 같이 아주 큰 작업실로 이사 가는 꿈이다.

일단은 방이 세 개 이상이었으면 좋겠다. 가장 조용한 방은 예민한 복남이가 독방으로 쓰게 해야지. 막내는 나를 좋아하니까 나와 같이 방을 쓰면 되고, 동생을 좋아하는 복길이는 동생과 한방을 쓰면 되겠다. 천장까지 닿는 캣폴과 운동을 위한 캣휠은 필수로 두고 캣타워는 방마다 각자 하나씩 줄 것이다. 벽에도 고양이들이 다닐 수 있는 캣워커를 잔뜩 붙여 놓고 싶다. 우리 고양이들은 겁이 많아서 잘 올라가지도 않을 것 같지만. 바닥은 고양이들이 좋아하는 카펫으로 전부 깔아야지. 곳곳에 담요를 두고, 복길이가 좋아하는 폭신한 극세사 방석과 복남이랑 막내가 좋아하는 전기방석도 여러 개 마련해야겠다.

거실에는 커다란 창이 있어서 낮잠을 잘 때 햇볕이 아주 많이 들어왔으면 한다. 창밖으로는 푸르른 나무가 빽빽이 있어서 가끔 새들이 놀러 오면 좋겠다. 이사 가기 전에 정남이가 돌아온다면, 거실의 큰 창가는 정남이를 위한 자리로 만들어 줘야겠다. 높은 캣타워 위에는 처음 걸어 주었던 목걸이의 무늬와 똑같은 빨간색 체크무늬의 커다란 방석을 올려놓을 것이다. 거기서 집 안 전체를 내려다볼 수 있게 해야지.

인생에서 가장 행복한 시기를 지나고 있다고 생각한다. 하고 싶었던 일로 돈을 벌어서 먹고살고 있다는 사실이 나에게 주는 충만감은 말로 다 표현할 수 없다. 처음에는 그저 그림이 내 직업이 되었다는 사실이 자다가도 벌떡 일어날 만큼 좋았다. 좋아서 했으므로 처음에는 하루에 몇 시간이고 일을 해도 싫지가 않았고, 하루에 열다섯 시간도 넘게 그림을 그렸다. 그러나 5년쯤 지나자 이상하게도 그림을 그리지 못하는 날들이 늘어났다. 말로만 듣던 번아웃이 찾아온 것이었다.

번아웃은 아직 진행 중이다. 그러나 누구나 직업적 무기력과 피로감이 있을 테고, 좋아하는 일을 한다 해도 예외는 아닐 것이다. 그저 아무 생각 없이 잠을 자고, 아무 생각 없이 밥을 먹고, 아무 생각 없이 고양이를 만지다 보면 다시 막힘없이 그림을 그릴 수 있게 될 것 같다. 그림 그리며 살고 싶다는 꿈을 이룬 걸 보면 지금의 커다란 꿈도 언젠가 반드시 이루게 되지 않을까.

오늘도 내 집 마련의 꿈을 꾼다. 꿈꾸는 것만으로도 마음이 벅차오르는 기분. 고양이들아, 언니가 그림으로 돈 많이 벌어서 행복하게 해 줄게!

5

너희에게
배운다

우리 동네 냥간관계

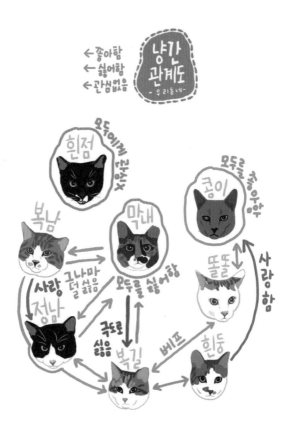

냥간
관계도
- 우리동네 -

← 좋아함
← 싫어함
← 관심없음

흰점
모두에게 관심X

복남
막내
콩이
모두를 졸졸우앙

사랑 그나마 덜 싫음
똘똘
사랑함

정남
모두를 싫어함

극도로
싫음
복길
흰둥
베프

동네에 고양이가 여럿이다 보니 관계도 아주 복잡하다. 오랜 시간에 걸쳐 관찰한 것을 바탕으로 고양이들의 관계도를 그려 보기로 한다. 가장 눈에 띄는 관계는 역시 막내와 복길이. 둘은 사이가 매우 좋지 않다. 처음에는 이렇게까지 안 좋지 않았는데, 막내가 작업실에 들어앉고 나서 급격히 나빠진 것 같다. 밖에서는 서열에서 밀려 항상 뒤로 빠져 있거나 피하는 편이었던 막내가 작업실의 최고 서열이 자신이라는 것을 알게 된 것일까. 복길이에게 대드는 일이 늘었다.

주로 막내가 먼저 덤비는데, 워낙 작고 체급이 달려서 그런지 복길이가 거의 무시하고 지나가는 편이다. 막내는 때린다 해도 헛손질이 많고 힘이 약해서 타격을 주지 못하는 반면에 아주 가끔 복길이가 반격할 때의 주먹질은 꽤 매섭다. 작업실 구조를 바꾸느라 어수선하거나 손님이 왔다 가거나 하는 날에는 둘 다 예민해져서 심하게 싸우곤 한다. 비명 소리가 들려서 돌아보면 공중에 털이 뭉텅이로 폴폴 날리는 모습을 볼 수 있다. 복길이는 막내 외에는 모두와 두루두루 잘 지낸다. 복남이와는 남매처럼 붙어 다니고 정남이와도 사이가 좋았다. 콩이와도 잘 지내는 편이고 콩이 친구 똘똘이와는 아주 친해서 똘똘이가 가끔 복길이를 찾으러 우리 작업실로 오기도 한다. 똘똘이는 정말 똘똘하게 생겨서 언젠가는 두 발로 서서 말을 할 것 같기도 하다. "안녕하세요, 복길이 친구 똘똘인데요. 복길이 있나요?" 하고.

복남이는 정남이를 사랑한다. 잘 지내는 것 이상으로 복남이의 일방적인 사랑이 돋보이는 관계였다. 대장이라 따르는 것인지 모르겠으나 어쨌든 정남이를 굉장히 좋아하고 늘 따라다녔으며, 정남이를 향해서만 내는 특별한 울음소리가 있다. 정남이가 자고 있으면 꼭 옆에 가서 몸을 맞대고 누웠다. 정남이가 귀찮아해도 굴하지 않았던 복남이. 그렇게 좋아하던 정남이가 없어졌는데 복남이의 마음은 어떨까. 가끔 궁금해진다. 복길이와 막내에게 늘 먼저 장난을 거는데, 복길이는 체급이 비슷해서 그런지 귀찮아하면서도 어느 정도 장난을 받아 주지만 막내는 체급이 달려서 감당을 못하고 항상 진심으로 맞서 싸우다가 도망가곤 한다.

막내는 복길이만 싫어하고 복남이 정남이와는 그럭저럭 지냈는데, 가만히 지켜본 결과 그냥 고양이들을 모두 좋아하지 않는 것 같다. 콩이가 다가오는 것도 싫어하고 동네 다른 고양이들이 지나가는 것도 싫어한다. 가끔 마실 나갔을 때 다른 고양이를 만나면 화들짝 놀라서 꼬리가 너구리같이 부풀어서 들어오곤 한다. 아무래도 외동 고양이 체질이다. 정남이는 대장답게 모두에게 쿨했던 고양이. 모두와 잘 지냈는데 언젠가부터 막내에게는 까칠하게 굴었다. 마운팅을 시도하기도 했고 위협하기도 했다. 아마도 발정이 나서 그랬던 것 같다고 추측한다. 한번 없어지고 다시 나타났을 때에는 막내와도 잘 지냈고 서로 그루밍을 해 주기도 했으니 싫어하는 사이는 아니었던 것으로 결론 냈다.

콩이는 모든 고양이 관계에서 열외에 있는 고양이. 서열도 없고 무엇도 없다. 외국 품종이라서 사람으로 따지면 외국인이니 그렇다고 나 혼자 주장해 보았지만 다들 들은 척도 하지 않았다. 모든 고양이를 좋아하고 모든 사람을 사랑하는 박애주의묘. 처음 보는 고양이에게도 서슴없이 다가가서 냄새를 맡다가 얻어맞는 것도 많이 보았다. 사람도 정말 좋아한다. 주인 아닌 사람의 무릎 위에도 거침없이 올라가고 안기며, 처음 보는 사람도 몇 년은 친하게 지낸 사람처럼 좋아한다. 콩이와 같이 사는 두 친구 똘똘이와 흰둥이도 우리 고양이들처럼 가게 안과 밖을 자유롭게 드나들며 사는 산책 고양이들이다. 콩이를 가운데 둔 세 고양이의 관계는 꽤나 미묘하다. 콩이와 흰둥이만 함께 지낼 당시 둘은 아주 친했고, 흰둥이가 콩이를 특히 사랑해서 늘 따라다녔다고 한다. 그런데 갑자기 똘똘이가 나타난 것이다. 콩이는 흰둥이와 똘똘이를 공평하게 좋아하지만 흰둥이는 변함없이 콩이만을 사랑하고 있다. 둘 사이에 똘똘이가 끼는 것이 얼마나 싫었는지 상사병까지 나고 말았다. 밥도 먹지 않고 밖으로만 나돌며 방황해 살이 쪽쪽 빠지고 있어서 콩이 엄마가 걱정이 많으시다고.

인간관계만큼 복잡한 냥간관계. 최대한 개입하지 않는 것이 목표지만 막내를 작업실 고양이로 들이고부터는 우리 작업실이 이 관계도의 최대 변수가 된 듯하다. 어쨌든 나는 집사로서 밥을 열심히 줘야겠다.

행복하고도 짠한 날들

늦은 밤 작업실에서 조용히 그림을 그리다 보면 문득 고양이들이 무엇을 하고 있는지 궁금해져서 두리번거리게 된다. 복길이는 주로 이불 위에서 자고 있고, 막내는 내 뒤에 있는 작은 책상에서 자고 있다. 막내의 등 위로 살며시 턱을 올리면 따뜻하고 작은 몸이 규칙적으로 오르락내리락한다. 막내가 깨서 뒤를 돌아보면 까만 눈 안에 내가 가득히 보인다. 촉촉한 코에 내 코를 갖다 대고 한번 비비면 곧 골골거리는 소리가 들린다. 이 조그마한 고양이에게 위안을 얻는 시간이다.

고양이를 키우게 되면서 포기한 것들이 있다. 가장 큰 것은 역시 여행이다. 지금도 작업실을 열 시간 이상은 절대 비울 수 없다. 그렇지만 여행을 계획하고 몇 달을 두근거리며 기다리던 날들과 비교했을 때 지금이 불행하다고 볼 수는 없다. 큰 행복을 포기한 대신 그 행복을 잘게 나누어 매일 여러 번 작은 행복을 누리게 되었다. 눈이 마주칠 때마다, 잘 자는 모습을 볼 때마다, 체온을 나눌 때마다, 작은 행복이 찾아온다. 매일매일 조금씩 행복한 날들이 모여 더 커다란 행복이 되었다.

언젠가 개를 키우는 친구와 이야기하던 중에 친구가 이렇게 말했다. 개를 생각하면 짠한 느낌이 드는데, 그

건 전에는 느껴 보지 못했던 감정이라고. 친구와 나는 둘 다 결혼을 하지 않고 아이도 없이 이런 감정을 잘 느끼지 못하고 살아왔는데, 동물을 키우게 되면서 참으로 생소한 감정을 느끼게 된 것이다. 일찍 결혼해서 아이가 있는 친구가 가끔 아이를 생각하면 짠하다고 말했던 것이 생각났다. 철없이 늙어 버린 내가 이제야 사랑을 배운 것일까. 누군가 나에게 사랑이 뭐냐고 묻는다면 짠한 감정이라고 대답할 수 있을 것 같다. 다른 단어를 생각해 보려 해도 짠하다, 라는 말 외에는 표현이 되지 않는다. 말도 못 하면서 원하는 게 있어 야옹거릴 때도 참 짠하고, 문 앞에 앉아서 외출한 우리를 기다릴 때에는 정말 말로 다할 수 없을 만큼 짠한 감정이 밀려온다. 신나게 놀고 늘어져서 새근새근 잘 때도 왠지 짠하고, 배고파서 밥을 허겁지겁 먹을 때에도, 다른 고양이들과 어울리지 못하고 홀로 떨어져 있을 때도, 멀리서 날 알아보고는 꼬리를 세우고 달려올 때도, 아침에 작업실 문 앞에서 기다릴 때도, 만나는 순간 반가워서 온몸을 비빌 때에도 어김없이 밀려드는 짠한 기분.

행복하고도 짠한 날들이 계속된다. 이 작은 고양이들이 뭐라고 내게 이렇게 큰 위안을 주는지. 전에는 알지 못했던 것들을 새롭게 알아 가는 중이다.

무릎냥이 막내

히히

멋들어진
안락의자와
무릎 위
고양이
= 극락

따끈한 고양이를 무릎 위에 올려놓고 안락의자에 앉아 쉬는 것. 고양이가 없을 때부터 막연하게 꿈꾸었던 미래의 내 모습이다. 꿈꾸던 그림을 처음 이루어 준 것은 정남이. 너무 자주 무릎에 올라오려고 한다는 것이 문제였지만, 만지지 않아도 골골거리며 진동하던 정남이의 뜨끈한 몸은 고양이를 처음 만져 보는 나에게 신세계와 같았다.

정남이가 떠난 후로는 복길이가 주로 올라왔다. 근육이 많은 정남이와 달리 복길이는 물렁한 몸과 푸짐한 부피가 특징적이다. 정남이는 바닥에서 뛰어올랐는데 복길이는 꼭 책상 위로 올라갔다가 무릎으로 내려온다. 소파에 앉아 있을 때는 배 위로 뛰어올라 거의 가슴 가까이로 올라오는 것을 좋아한다. 가끔 무릎이나 배에 꾹꾹이도 해 주는데, 옷이 얇을 때 꾹꾹이를 당하면 아파서 비명이 절로 나온다. 그럴 땐 꾹 참고 천을 한 겹 더 깔아서 푹신하게 만들어 드리는 편이다. 집에 가서 확인해 보면 상처가 선명해서 가끔 발톱을 깎아 주기도 하지만 고양이들이 싫어하기도 하고 길고양이가 손톱이 너무 없어도 곤란할 수 있다고 해 자주 깎지는 않는다.

막내는 무릎 위로 올라오는 것을 싫어한다. 작업

실에 눌러앉기 전에는 정확히 6개월에 한 번씩 총 두 번을 내 무릎 위로 올라와서 삼십 분 정도 자고 내려간 적이 있다. 두 번 모두 비가 오는 날이었기 때문에 밖에서 비를 맞느라 춥고 피곤해서 내 온기가 필요했던 모양이라고 생각하고 있다. 작업실에 들이고 나서는 양치도 해 주고 발톱도 깎아 줘야 하니 무릎 위로 올리는 훈련을 해야겠다고 생각했지만 자발적으로는 절대 올라오지 않았다. 몇 번 억지로 안아서 무릎 위에 올려놓았더니 극도로 싫어하면서 3초 만에 호로록 빠져나갔다. 하루에 한 번씩 매일 훈련하면 좋아지지 않을까 싶어 한동안 훈련해 보았지만 매일 똑같이 혐오하며 도망갔다. 네가 먼저 올라온 적도 있잖아! 하고 항의해 보았지만 씨알도 먹히지 않았다. 말랑말랑한 막내를 무릎 위에 올리고 토닥거리는 것이 나의 작은 꿈이지만 이루어지지 않을 꿈인 것 같아서 일찌감치 포기했다. 그래, 고양이의 취향을 존중하자.

어느 날 내 무릎 위에 앉아 있는 복길이를 막내가 유심히 쳐다본 적이 있었다. 무릎 위에서 토닥이는 손길을 받으며 골골대는 복길이를 물끄러미 바라보았다. 막내는 얼굴의 무늬 때문인지 언제나 좀 진지해 보이는 표정이라 뭘 저렇게 쳐다보나 하고 말았는데 그다음 날 갑자기 막내가 내 무릎 위로 올라왔다. 동생과 함께 무음으로 환호하며 사진을 찍어 댔다. 조금도 편안해 보이지 않는 자세로 무릎 위에서 이상하게 중심을 잡으며 쪼그려 앉아 있다가 십 분 정도 지나자 내려갔다. 동생이 찍은 사진 속 내 무릎 위의 막내 표정이 꼭 "김복길 네가 좋다 그래서 올라와 봤는데 별로다" 하는 것 같았다. 아무튼 역사적인 날이었다.

그 후로는 막내가 종종 무릎 위로 올라온다. 복길이보다 부피가 작지만 훨씬 말랑하고 무릎 위로 흘러내리는 느낌이 든다. 그다지 행복하진 않은지 골골거리지는 않지만 그래도 꽤나 오랫동안 머물다 간다. 나의 꿈을 완벽히 실현하기 위해 커다란 안락의자도 하나 장만했다. 이제 고양이들이 자주 올라와 주기만 하면 되겠다. 고양이들을 위해 허벅지 살을 좀 더 찌워서 쿠션감을 유지해 보기로 한다.

흰점이의 심경 변화

한번
만져
주게나

궁디
팡팡

~애오옹

이 동네에 이사 와서 제일 처음 봤던 고양이 흰점이. 작업실에 들어온 첫날부터 보았던 고양이로, 앞 건물에서 밥을 챙겨 주신다. 앞 건물에 작업실을 둔 아저씨를 참 좋아해서 늘 문 앞에서 기다리다가 아저씨가 도착하면 맹렬하게 울며 반긴다. 나에게 고양이가 없던 시절 그 모습이 참 부러웠다. 좋아하는 지정석에 항상 앉아 있는데, 다가가서 아는 척을 하면 엄청난 표정과 성량으로 울곤 했다. 왠지 미안하다고 말하게 되는 강렬한 울음이었다. 까만색 털이 대부분인 턱시도 고양이인데 가슴팍 조금과 발끝 조금, 그리고 코 옆의 점만 흰색이어서 이름을 흰점이라고 지었다. 보통 발만 하얀 고양이에게 양말을 신었다고 표현하는데, 흰점이는 발목양말도 안 되는 덧신 정도의 흰 발을 가졌다. 턱시도 고양이는 배나 다리가 흰색인 경우가 많아서 카디건이나 볼레로를 입은 것처럼 보이는 반면 흰점이는 검은 정장을 입은 듯 대단히 예의 있고 우아해 보였다. 아저씨는 흰점이를 뭐라고 부르시는지 궁금했다. 사교성 없는 나는 5년이 지나도록 물어보지 못했다.

우리 고양이들과 만난 건 3년이 조금 넘었지만 흰점이와 알고 지낸 시간은 작업실에서 보낸 시간과 동일하게 5년 가까이 되었다. 5년 가까이 흰점이는 아저씨만을 좋아하고 우리는 본체만체 찬밥처럼 대했는데, 최근 들어서 약간의 변화가 생겼다. 우리 작업실 쪽으로는 잘 오지 않고, 가끔 오더라도 우리가 다가가려고 하면 쏜살같이 도망가던 흰점이가 요즘은 자주 이쪽으로 건너오는 것이다. 우리 작업실에 고양이들이 정착한 후에도 전혀 관심을 보이지 않던 흰점이였는데. 막내는 굉장한 쫄보라서 흰점이의 목소리가 조금만 가까워져도 꼬리가 금세 부풀어서는 문 앞에서 경계하고 있는다. 복길이는 뛰쳐나가 가까이에서 경계하곤 하지만 흰점이가 아랑곳하지 않는 것으로 보아 서열이 꽤나 높은 모양이다. 작업실 앞에서 울기도 하고 작업실 앞 스크래처를 뜯기도 한다. 영역을 넓혀서 여기 고양이들을 견제하는 것일까 봐 조금 걱정했지만 그건 아닌 것으로 곧 밝혀졌다. 한번은 상당한 데시벨로 울어 대길래 밖에 나가 보았다. 다가가도 도망가지 않기에 엉덩이를 두들겨 주었더니 매우 좋아하는 것이 아닌가. 그렇다. 흰점이는 만져 달라고 여기로 오는 것이었다. 간식을 주어도 잘 먹지 않고, 사료도 먹지 않고, 오로지 예쁨받기 위해 향하는 발걸음이었다.

5년 만에 만져 본 흰점이는 정말이지 최고의 촉감을 가진 고양이였다. 고양이는 털의 결이 모두 다르고 촉감과 손에 감기는 느낌도 조금씩 다르다. 흰점이의 털은 윤

기가 좌르르 흐르고 궁디팡팡의 느낌도 손에 착 감기는 것이 정말 좋았다. 다만 궁둥이를 톡톡 두드릴 때의 느낌이 조금 수상했다. 내 나름의 통계에 따르면 궁둥이를 두들겼을 때 수컷 고양이와 암컷 고양이에게서 나는 소리가 각각 다르다. 수컷은 안이 빈 것처럼 통통거리는 소리가 나는데, 암컷은 안이 꽉 찬 것 같은 톡톡 소리가 난다. 그런데 수컷 고양이인 흰점이의 궁둥이를 때려 보니 안이 꽉 찬 듯 차진 촉감이었던 것이다. 자세히 살펴보았더니 있어야 할 땅콩이 없었다. 흰점이는 암컷이었던 것이다. 5년이나 성별을 잘못 알고 있었다. 분명히 똥꼬 아래 땅콩을 보았다고 생각했는데 털을 착각했던 모양이다.

아무튼 흰점이는 이제 주기적으로 우리 작업실을 찾아온다. 앞에 와서 애애앵 하고 사이렌처럼 울어 대면 즉시 나가 만져 드려야 한다. 우리 고양이들은 다들 말이 없는 편이라 말 많은 흰점이가 영 적응되지 않는다. 고막이 터질 것 같지만 꾹 참고 엉덩이를 두드린다. 엉덩이를 두들길 때 내는 소리와 친해지기 전 우리에게 욕을 한다고 생각했던 울음소리가 같은 걸 보면 그때도 우리와 친해지고 싶어서 말을 걸었던 것이 아닐까 싶다. 말귀를 알아듣지 못하고 이제야 엉덩이를 두드리게 된 것이 송구스러워 더 열심히 두들겨 본다. 흰점이의 엉덩이를 두드리는 동안 우리 작업실 고양이들이 창문에 다닥다닥 붙어서 동공을 잔뜩 확장하고는 '집사야 네가 어떻게 그럴 수 있어'라는 표정으로 쳐다보는 것이 부담스럽긴 하지만.

소중한 것

반려동물을 자식같이 대하고 본인을 엄마나 아빠로 지칭하는 경우가 많다. 나는 너무나 미숙한 보호자이기에 엄마라고는 할 수 없을 것 같았다. 그래서 나는 고양이들의 언니이자 누나가 되기로 했다. 나는 큰언니, 동생은 작은언니. 사실 고양이가 우리를 언니라고 부르진 않기 때문에 주로 고양이인 척 동생에게 말 걸 때나 쓰는 호칭이다. (**활용 예: 작은언니 밥 주세요!**) 다른 친구들은 결혼해서 아이가 둘씩 있기도 한데, 나는 서른 중반에 갑자기 동생이 많이 생겼다.

　　　고양이들을 돌보다가 결국 막내를 키우기로 마음먹었다고 처음 블로그에 글을 썼을 때 블로그 이웃님이 남긴 말씀이 아직도 기억에 남아 있다. 소중한 존재가 생기는 건 마음이 꽉 차는 일이기도 하지만 그만큼 부담스럽고 무서운 일인 것 같다는 말. 소중한 만큼 그것을 잃었을 때의 상실감도 클 것이다. 엄마는 반려동물 키우는 것을 꾸준히 반대했는데 그 이유가 일찍 죽기 때문이라고 하셨다. 고양이를 키우기 전까지는 키우던 고양이가 죽으면 다른 고양이를 또 한 마리 데려오면 되지 않을까 하고 쉽게 생각했다. 실제로 키우게 된 후에야 그리 가볍게 말할 수 있는 것이 아니라는 걸 알았다. 나에게 이렇게나 소중한 것이 나보다 훨씬 적게 살고 떠나간다는 것은 쉽게 감당할 수 있는 일이 아니었다. 그걸 깨달았을 때는 이미 늦어 버렸다.

원래도 눈물이 많은 타입이었지만 고양이를 키우면서 훨씬 심해졌다. 누군가의 반려동물이 무지개다리를 건넜다는 소식을 들으면 언제 어디서든 눈에 눈물이 그렁그렁 들어차는 울보가 되어 버렸다. 고양이는 늘 똑같지만, 나는 많이 변했다. 이렇게 작고 소중한 존재를 내가 지킬 수 있을까 늘 걱정스럽고 고민이 된다. 그리고 천천히 어른이 되어 가고 있다고 느낀다. 철없이 되는대로 살아오다 마흔이 다 되어서야 어른이 되고 있다는 기분이다. 어른이 된다고 해서 무엇이든 척척 잘하게 되는 건 아니다. 그저 가능한 한 무엇이든 최선을 다하고 열심히 하기로 한다. 소중한 것을 지키기 위해서 어른이 되기로 마음먹었다.

인생을 주체적으로 살아야지

막내는 다른 고양이들보다 덩치가 작고 약해서 무리에서 늘 밀리기 일쑤였다. 그릇에 밥을 따르는 소리만 나도 달려와서 머리를 들이미는 다른 고양이들에게 밀려 밥 먹을 때도 항상 차례를 기다리다가 나중에 먹었고, 사냥놀이를 할 때도 다른 고양이가 조금이라도 놀고 싶어 하는 기미를 보이면 바로 물러섰다. 다른 고양이들이 지쳐서 나가떨어지면 그제야 슬금슬금 다가와서 놀아 달라고 조르곤 했다. 이렇게 소심했던 막내가 작업실에 들어앉게 된 건 전적으로 막내의 선택에 따른 것이었다. 막내가 작업실을 자신의 집으로 삼겠다, 선언했을 때 나는 그렇게 하도록 내버려 둔 것뿐이다. 소심하더라도 결단을 내릴 때는 확실하게! 인간이 말을 못 알아듣는다면 집까지 쫓아가서 적극적으로 표현하면 되는 것이다. 그래야 미래가 바뀌고 묘생이 바뀌는 거지. 동네 고양이 서열 꼴찌에서 '이랑그림' 작업실 주인으로 묘생 역전한 막내에게 배우는 삶의 자세입니다.

동네 마트에 군것질을 사러 갔는데, 계산대 안쪽 의자에 치즈 고양이 한 마리가 떡하니 앉아 있었다. 고양이에게 계산을 부탁해야 하나 잠시 고민하고 있는 사이 주인이 나타났다. 주변에 치즈 고양이 몇 마리가 있었는데, 지난 겨울 한 마리가 차에 치이는 바람에 다리가 마비되어 보호소로 갔다가 그곳에서 자연사한 일이 있었다. 그때 그 치즈 고양이의 형제가 마트로 들어와서 눌러앉았다고 한다. 이미 장성한, 크고 귀여운 고양이였다. "여기서 키우시는 거예요?" 라고 물으니 자신이 키우는 건 아니고 얘가 여기 들어와서 살기로 결정한 거라고 하셨다. 아, 저희 작업실에도 그런 고양이가 한 마리 있습니다만.

　　동네 고양이로 돌아다니던 시절 막내를 보았던 분들이 종종 작업실에 오신다. 그때 꼭 한마디씩 하시는 말이 팔자가 폈다, 네가 복이 있다, 제일 실속 있다 하는 식의 덕담이다. 길에서 태어나 형제들은 다 죽고 혼자 남았던 작고 못생긴 고양이. 다른 고양이들에 비해 약해서 살아남지 못할 것 같았던 막내가 우리 작업실로 와서 조용히 상황을 지켜보다가 결국에는 작업실 주인 자리를 꿰차게 된 건 막내의 팔자가 좋아서라기보다는 자기 삶을 개척할 줄 아는 막내의 주체성 때문이 아니었을까. 원하는 것이 있다면 쟁취해야 한다. 너에게서 인생을 배운다.

고양이들과 이사하기

원래의 작업실보다 두 배 넓은 15평짜리 작업실을 얻었다. 바로 옆 건물에 작은 카페였던 곳이 언젠가부터 늘 비어 있기에 의아했는데 문의해 보니 매물로 나와 있는 것이 아닌가? 당장 달려가서 계약을 하고야 말았다. 전 작업실에서 스무 걸음이면 가는 거리인 데다 고양이들이 종종 그 집 앞에서 놀기도 했던 터라 이사가 크게 걱정되진 않았다. 짐 정리가 되지 않아 어수선했던 이사 첫날에는 내가 막내와 함께 자기로 했다. 새로운 작업실은 창이 통유리로 되어 있어 바깥으로 동네 고양이들이 지나다니는 모습이 훤히 보이는 탓에 막내가 긴장 상태로 잠을 이루지 못했기 때문이다. 그 후로도 며칠은 홈캠을 주시하다 한밤중에 작업실로 뛰어가는 상시 대기조로 지냈다. 피곤은 했지만 새벽녘 어슴푸레 밝아지는 하늘을 막내와 함께 보는 것이 좋았다. 인적이 드문 이른 아침에 막내가 한때 살았던 놀이터로 같이 산책을 나가는 것도 좋았다.

노출천장이었던 이전 작업실에는 고양이가 높이 올라가면 위험할 수 있어 캣타워를 낮은 것으로 하나만 두었는데, 이제는 마음껏 높이 올라가게 해 줄 수 있다. 커다란 수납장 위로 자꾸만 올라가려고 하길래 편히 오를 수 있도록 옆쪽에 서랍을 두어 계단을 만들어 주고, 수납장 맨 위

칸에는 방석도 놓아 주었다. 복길이와 복남이는 지난 겨울 내내 그곳에서 매일 열 시간이 넘도록 잠을 잤다. 새해 선물로 캣폴까지 장만해 입구 앞 커다란 통창 앞에 놓아 두었더니 막내가 특히 좋아했다. 낮에는 캣폴 2층 바구니에서 잠을 자고 밤에는 3층 하우스에서 잠을 잔다. 고양이들은 자기만의 특별한 루틴을 가지고 하루를 보내는데, 좁은 작업실에서는 영 지키기 어려웠던 그것이 큰 작업실로 오면서 가능해진 것 같다. 2층 바구니는 낮에 햇볕이 잘 들고, 3층 하우스는 아무도 없는 밤에 창밖을 보면서 자기 좋은 곳이라 선택한 것 같다. 조그만 머리를 굴려 좋은 자리를 물색했다는 것이 참으로 귀여운 부분.

새로 시공한 바닥이 고양이들에게는 좀 미끄러워서 가로 2미터 세로 3미터짜리의 대형 러그를 사서 깔아 주었다. 사이잘(sisal)이라는 천연 소재로 만든 러그인데, 상품평에 가득한 고양이 사진과 '고양이가 좋아해요'라는 후기를 보고 망설임 없이 결제했다. 러그를 깔자마자 고양이들이 데굴데굴 뒹굴고 벅벅 뜯는 것을 보아하니 이것은 러그라기보다 대형 스크래처에 가까웠다. 따봉 다섯 개의 상품평을 써야겠다. '고양이가 좋아해요'라고. 좁은 작업실에서 가구들사이를 이리저리 피해 가며 놀았던 옛날이여 안녕.

사람의 짐이 너무 많아 옮긴 작업실이지만 고양이들이 더 좋아해서 다행이다. 넓어진 만큼 고양이들 물건을 가득 채워 줄 생각을 하니 가슴이 뜨거워지는군요.

격동의
나날들

고양이가 작업실에 처음 들어왔던 2019년 이후로 격동의 나날을 보냈다. 고양이들을 모두 들이지 못한 것이 마음속 가장 큰 짐이지만 언젠가 더 넓고 좋은 곳으로 이사 간다면 모두 보쌈해서 데려가 행복하게 살 것이라는 포부를 가지고 있다. 이제 고양이 있는 생활의 루틴이 자리를 잡아 동생과 번갈아 가며 늦잠도 잔다. 퇴근은 새벽 한 시에서 두 시 사이에 같이하고, 아침 출근은 한 명은 아홉 시, 다른 한 명은 열두 시까지 잘 수 있다. 막내 혼자 작업실에 두는 시간을 최대한 줄이기 위해서 생각해 낸 방법이다. 이틀에 한 번 늦잠 자는 것이 어찌나 달콤한지 모른다.

고양이들이 잘 자는 자리마다 바닥이 차갑지 않도록 패브릭을 놔두는데, 한 달에 한 번 이 패브릭들을 모아 코인세탁소에 가서 빨래를 한다. 담요와 깔고 자는 이불, 소파커버, 쿠션커버까지 모두 모아서 코인세탁소로 간다. 세탁물에서 털이 많이 나오기 때문에 건조기 기능이 꼭 필요하다. 늘 작업실에만 앉아 있다가 타박타박 걸어가서 세탁기 돌아가는 것을 멍하니 보고 있자면 묘하게 마음이 편안해지는 느낌이다. 한 달에 한 번 돌아오는 좋아하는 시간. 놀아 주는 것에도 기술이 꽤 생겼다. 각자 좋아하는 장난감과 성향을 이제는 대부분 파악했다. 새롭게 알게 된 사실은 막내가 같은 장난감으로 매일 놀아 주는 것을 좋아하지 않는다는 것. 다르게 말하자면 장난감만 매일 바꿔 주면 신나게 잘 논다는 것이다. 최근에는 긴 낚싯대에 하찮은 리본을 묶어서 신나게 흔들어 주었더니 날아다니면서 놀았다. 막내는 정적으로 논다고 생각했는데 아니었다. 날다람쥐처럼 날아다니는 막내를 볼 수 있는 요즘, 우리는 점점 사냥놀이 전문가가 되어 간다.

작업실을 이사하기 전에는 높은 스크래처를 둘 곳이 없어서 문 밖에 내놓았는데, 복길이가 그 자리를 매우 좋아했다. 가끔은 문을 열어 줘도 들어오지 않고 거기에서 잠을 자기도 했다. 작업실 문이 닫혀 있으면 고양이들이 와도 잘 보이지 않아서 고양이들을 문밖에서 기다리게 하는 일이 많았는데, 키 큰 스크래처를 두고 나서는 창문으로 눈이 마주치니 바로 열어 줄 수 있게 되었다. 가끔 책상에 앉아 일을 하다가 싸한 기분이 들어서 창밖을 보면 강렬하게 쳐다보고 있는 복길이와 눈이 마주치곤 했다. 복길이와 복남이는 이제 작업실 안 화장실에 완전히 적응한 것 같다. 막내 혼자 쓸 때는 하루에 한 번 감자(고양이의 똥오줌 덩어리를 감자라고 부른다)를 캤었는데, 이제는 하루에 두 번을 캐야 한다. 모래도 좀 더 자주 주문하고, 화장실 청소도 자주 해야 한다.

고양이를 만지는 것이 조심스럽고 고양이가 살짝 기침만 해도 화들짝 놀랐으며 모든 것이 무서워 안절부절못했던 시절이 있었다. 그런 것도 시간이 흐르며 자연스레 조금씩 안정이 되었다. 하루 두 번 청소와 화장실 감자 캐기도 척척, 하루 다섯 번도 넘게 밥 주는 일도 척척, 사냥놀이도 효율적으로 척척 해결해 줄 수 있는 집사가 되었다. 고양이라는 작고 따뜻한 생명체와 같이 살아가는 방법을 터득했다고나 할까. 비록 여전히 서툰 부분이 많아 조금만 변화가 생겨도 인터넷 검색을 두 시간씩 해야 하지만 말입니다. 앞으로도 계속해서 좋아질 거라 믿는다. 길고양이와 함께 생활하며 이룬 지금의 작업실 가족 구성원이 마음에 든다. 우리의 작업실에서 다 함께 오랫동안 행복하고 싶다.

에필로그

입양도 동거도 아닌
가족적 생활

　　큰 작업실로 이사를 가면 복길이와 복남이도 막
내처럼 정착할 수 있지 않을까 생각했다. 실제로 작년 여름
에 이사를 하고 4~5개월 정도 지나 겨울이 되어서는 거의
매일 세 마리 모두 작업실에 둔 채로 퇴근했다. 함께 보낸 첫
겨울의 합숙과는 달리 셋 다 평화롭게 밤새 잠을 잤다. 아침
에 작업실 문을 열어 주면 복길이와 복남이는 나갔다가 다
시 들어오곤 했다. 드디어 세 마리 모두 작업실 고양이로 정
착하는 것인가, 감격할 무렵 추위가 가시자 복길이와 복남이
는 다시 밖으로 나돌기 시작했다. 날이 점점 따뜻해지면서
온종일 작업실에 오지 않고 해가 드는 놀이터의 풀숲에서
자는 날도 많아졌다. 배가 고플 때만 작업실에 들어와 밥을
먹고 다시 나갔다. 다시 처음으로 돌아간 기분이었다. 아무

래도 모두 정착시키려면 다음 작업실은 주택으로 골라야 할 것 같다.

　　궁디팡팡을 싫어했던 막내는 궁팡중독묘(**궁디팡팡 중독 고양이**)인 복길이와 복남이가 궁팡을 받을 때 늘 유심히 관찰을 하더니 어느 날부터인가 궁팡을 좋아하게 되었다. 이 제는 나를 보는 즉시 엎드려 누워 궁팡을 요구하시는 당당 한 고양이가 되었다. 복남이는 여전히 곁을 많이 주지는 않지 만 가끔은 먼저 다가와 옆에 앉기도 하고, 화들짝 놀라서 도 망가는 일도 많이 줄었다. 얼굴을 만지는 것은 한결같이 싫 어하지만 그래도 꽤 가까워졌다고 생각한다. 복길이는 전보 다 훨씬 자주 운다. 이름을 부르면 꼬박꼬박 대답을 하고, 원 하는 것이 있을 때에도 꼭 운다. 조용한 우리 작업실에서 유 일하게 말이 많은 복길이.

　　얼마 전에는 마침내 흰점이의 본명을 알게 되었 다. 흰점이가 밥을 먹는 건물에 처음 들어가 봤는데, 문 아 래쪽에 작은 구멍이 뚫려 있고 거기에 '징징이의 출입문입니 다'라고 쓰여 있었다. 흰점이의 본명은 징징이였다. 정말로 찰 떡같이 어울리는 이름이라고 생각했다. 흰점이, 아니 징징이 는 요즘도 길에서 만나면 사이렌 소리로 왜앵 하고 운다. 간 식도 마다하고 언제나 궁팡만을 원하는 심지 곧은 고양이다.

새로운 작업실에도 종종 놀러 오는데, 얼마 전에는 5년 만에 처음으로 작업실 안까지 들어왔다. 아주 느리지만 서서히 거리를 좁히고 있는 우리.

예전 작업실보다 입구가 낮고 창이 커서 그런지 고양이들에 대한 동네 사람들의 관심도 더 커진 것 같다. 지나가는 길에 고양이를 보기 위해 꾸준히 들르는 분들도 있고, 바로 앞 유치원 아이들이 종종 엄마와 함께 구경을 오기도 한다. 의외로 어르신들도 고양이를 좋아하셔서 창문 앞에 머물며 고양이와 화단을 구경하고 가시곤 한다. 어르신들은 꼭 창문 안에 있는 고양이들에게 말을 거시기 때문에 안에서 모르는 척 엿듣는 재미가 쏠쏠하다. 한번은 어떤 어르신이 막내에게 "너 정말 얼굴이 예쁘게 생겼다(**막내 평생 처음 들어 보는 말**). 근데 목걸이가 너무 작아서 목이 죄이는 것 같으니 엄마한테 꼭 큰 걸로 사 달라고 해."라고 말하고 가셨다. 다음에 다시 뵙게 되면 털 때문에 작아 보일 뿐 실제로는 헐렁하니 안심하시라고 말씀드려야겠다. SNS로 알게 된 동네 주민분과 집사 친구가 되기도 했다. 최근에 길고양이를 입양하셨기 때문이다. 덕분에 처음으로 '알고 지내는 동네 집고양이'가 생겼다. 병원에 가는 길이면 꼭 우리 작업실에 들러서 고양이와 인사시켜 주신다. 그 친구의 이름은 길동이다.

길동이네와는 간식을 나누어 먹고 스크래처도 물려받는 막역한 사이가 되었다.

에필로그를 쓰는 지금은 우리 고양이들을 만난 지 꼭 3년이 되었다. 고양이들과 우리는 그동안 많이 가까워졌다고도 할 수 있겠고, 아직 덜 친해졌다고도 할 수 있겠다. 앞으로 함께할 시간이 3년보다 훨씬 더 길 테니 아쉬운 건 없다. 지금처럼 따로 또 같이 행복한 날들을 쭉 함께 보낼 수 있길. 어딘가에 있을 정남이도 그곳에서 건강하길.

이랑그림

타임라인

이랑그림작업실

작업실 이사옴

흰점
첫 만남

9.30

2017

정낭,복낭,
막내 작업실
첫 방문

6.20

2019

정낭이가
복길이 데려옴

7.5

막내,
목걸이 하고
작업실 입성

3.2

2020

정낭이가
떠났다.

6.15

복남이
첫 병원(안동)
11.13

복남이 가출
1.5~1.8 1차
1.13~1.14 2차

2021

막내
첫
건강검진
1.29

이
랑
그
림

작업실
이사

7.30

♥

막내

정남

THANKS TO

♥

복길

복남

고양이
공유오피스에
잘 오셨습니다.

초판 1쇄 발행 2022년 8월 22일

지은이 김이랑
펴낸이 이광재

책임편집 김난아
디자인 이창주
마케팅 정가현　　　　　**영업** 이윤철, 허남

펴낸곳 카멜북스　**출판등록** 제311-2012-000068호
주소 서울특별시 마포구 양화로12길 26 지월드빌딩 (서교동 395-7) 3층
전화 02-3144-7113　**팩스** 02-6442-8610　**이메일** camelbook@naver.com
홈페이지 www.camelbooks.co.kr　**페이스북** www.facebook.com/camelbooks
인스타그램 www.instagram.com/camelbook

ISBN 979-11-978959-9-9(03810)